不想愛你卻愛上你

君靈鈴、藍色水銀、汶莎、鄭湯尼 合著

Family Sky 天空數位圖書出版

目錄

一、不想愛你卻愛上你　　　　　　　　　　1

二、曖昧 2000 天　　　　　　　　　　　21

三、幸福糞犬罩護書　　　　　　　　　　61

四、側　臉　　　　　　　　　　　　　　75

不想愛你卻愛上你

文：君靈鈴

如果問蘇凡蓉這輩子會不會結婚，她一定說會，而且她很想趕快結婚。

但如果問蘇凡蓉這輩子要結婚會想嫁給誰，那人選絕對不會有方爾陽這個人。

一來，她年紀比他大三歲，二來，他們是一起長大的，三來……

她應該或許MAYBE可以確定她不是方爾陽的菜，畢竟他前兩任女友都美到不可方物，而她卻只差一步之遙就要被冠上路人的稱號，所以就算他們兩人美其名可稱上是青梅竹馬，但她很確定他們兩個吃的一定不是同一包梅子，騎的竹馬也不是同一間出廠，只是因為他們是鄰居，所以小時候玩在一起而已。

但是，世事無絕對，之前沒有日久生情沒關係，人生嘛，有很多意外的事情，意外要來，誰也擋不住。

所以當方爾陽拖著行李箱站在蘇凡蓉租屋處門口，而她手機屏幕上又顯示著母親來電時，她其實似乎覺得好像有哪裡不對勁，但又說不上來，本來想好好思考一下又在聽到電話那頭母親說「他就跟妳弟弟一樣，妳就讓他借住一陣子會怎樣」後只能妥協。

「能進去了嗎？」

「……進來吧。」

借住就借住唄，什麼了不起，只是，事情有這麼單純嗎？

****

方爾陽從小就長得好看，是個在長輩眼中漂亮討喜的孩子，大概是那種每個叔叔阿姨見了都說好，肯定要摸一摸誇一誇，順道稱讚方家基因好，才會生出這麼個寶貝的那種孩子。

而反觀蘇凡蓉，其實她不醜，只是相貌平凡了點，跟其他孩子擺在一起說實話也沒有差非常多，但如果跟方爾陽站在一起，很抱歉她就只能很認命說自己就是個路人。

但就算這樣，他們兩人因為是鄰居，年齡又相差不多，所以小時候還是很自然玩在一起了，但那是小時候，她的記憶是差不多上國中之後，他們兩人就沒有以前那麼親暱了。

「你為什麼會想暫時來借住我這裡？」這一點是蘇凡蓉最疑惑的問題。

「我不確定新工作合不合適所以暫時不想找房子，我這樣會不會太打擾妳？」方爾陽露出人畜無害的微笑，滿臉真誠的問著。

「……不會。」蘇凡蓉敢發誓，就算覺得會，但不管是誰都會在方爾陽露出此刻的表情時投降，而她也不例外。

　　對，是她忘了，他雖然已經長大，但殺傷力不僅沒有減少反而以倍速增長，就連她這個自小算是已經看習慣他的人，都無法逼自己說出「你來我很不方便」這樣的話。

　　「那就好。」說完，方爾陽非常自動自發把行李拖進客房。

　　然而方爾陽順理成章進了客房後，先是瀟灑地關上門，直到約莫晚餐時間才見他從房間出來，問了她家裡鑰匙擺在哪之後，便直接出了門。

　　他去哪？

　　蘇凡蓉很疑問，但轉念一想又想反正他是借住，他去哪裡完全不干她的事，她只要等等記得把備用鑰匙給他，之後就沒她的事了。

　　安心的一笑，蘇凡蓉這一放鬆才發現自己好餓，手機拿起來正想叫外賣，但方爾陽卻在這時回來了，手上還提了不少東西。

　　「你要煮東西？」她有點傻眼看著他。

　　方爾陽沒想解釋，看了她一眼後就帶著微笑逕自進入廚房忙活了起來，大約一個小時後，熱騰騰的飯菜就上桌了。

　　而且，是會讓人吞口水的那種，「蓉蓉，不來吃嗎？」他還是那副真誠的神情。

　　「啊？有我的份喔？」蘇凡蓉非常訝異。

「當然。」他一臉理所當然。

然後就見到肚子非常餓的蘇凡蓉兩秒半就抵達食物面前，然後開始很沒形象的把食物吞下肚，最後一臉心滿意足摸了摸肚子。

「飽了？」他問。

「嗯，謝謝。」她飽到暫時沒空去問他手藝為什麼這麼好。

「那好。」他點頭，順帶伸出手。

「做什麼？」她一臉疑問，但手還是伸了出去。

「預祝我們同居愉快。」他笑。

「喔……」她歪頭，看著被他握住的手，覺得哪裡好像怪怪的。

不過很快的，她就認為是自己的錯覺，自然也不會發現，方爾陽的眼底閃過一抹神秘的光芒。

****

其實方爾陽會來借住是有點事想確認的，除了他接了個新工作外，因為蘇凡蓉母親對女兒在婚姻大事方面遲遲沒有消息很不滿，導致他對一件事有了疑問，所以他就來了。

畢竟眼見親朋好友家的女孩兒一個個都完成了終身大事，就蘇凡蓉連個男朋友的影兒都沒見著，這可急壞了蘇母，所以

趁著方爾陽這回有需求，也就嘮嘮叨叨順口提了這件事，就想讓方爾陽替自己瞧瞧，女兒到底有什麼問題，怎麼連個對象也沒有。

然而事實證明，問題當然是有，方爾陽只暗中觀察了蘇凡蓉幾天就發現她問題挺大的。

第一是穿著、第二是習慣、第三是個性、第四是心態，總之對於一個已超過適婚年齡且並沒有不想結婚的女人來說，蘇凡蓉很有問題，方爾陽一點也不懷疑，而且心中起了另一個質疑。

「蓉蓉，妳都穿這樣去上班？」觀察了幾天，這日一大早方爾陽就堵在門口不讓趕著上班的蘇凡蓉出門。

「對，快讓開，我快遲到了！」蘇凡蓉很急，奈何眼前的人牆似乎沒有想移動的打算。

「蓉蓉，妳沒有對象對吧？」方爾陽直接開口就問，雖然臉上依然帶著和煦的微笑，但身上的氣息可不是那麼回事兒，壓迫感重的很。

「是又怎樣？」蘇凡蓉倏地心頭一驚。

這人怎麼回事兒？

忽然問她這種問題有什麼企圖嗎？

不可能吧？

　　再怎麼樣也不可能是他們兩人，他們可是被定位為姐弟的人呢！

　　「妳放假也不出門，上班又是這副打扮，個性又拖沓懶散，雖然想結婚心態卻如此鬆懈，怎麼可能找的到對象把自己嫁出去？」方爾陽收起笑容，一針見血把問題都說了出來。

　　「嘎？」蘇凡蓉被這麼一說當場傻了眼。

　　「妳其實很想結婚對吧？」這個問題的答案，方爾陽還是挺肯定的。

　　「……又不是說想結就可以結。」蘇凡蓉當場雙肩垂下。

　　「妳不改變就不可能結的了。」這句是肯定句。

　　「我說，這跟你有什麼關係啊？」雖然心底很清楚對方說的很可能是實話，但蘇凡蓉不想承認，還有點惱羞成怒。

　　「有，因為蘇媽媽交代我要查出妳嫁不出去的原因，甚至最好能幫妳一把。」亮牌沒有關係也不是問題，方爾陽一點也不在意，他在意的是另一件事，而且或許就是她會如此的癥結點。

　　「我媽拜託你這種事？」蘇凡蓉簡直不敢相信。

　　「對，所以今晚妳下班回來之後，我們來研究一下怎麼把妳嫁出去吧？」他笑，終於願意從她面前移開，心情很愉快的回房間去了。

　　她可能會不願意透漏也不願意改變，但沒關係，他有的是時間。

＊＊＊＊＊＊＊＊＊＊＊＊＊＊＊＊＊＊＊＊＊＊＊＊＊＊＊＊＊＊＊＊＊＊＊

　　「蓉蓉，妳喜歡怎麼樣的男人？」

　　一個再簡單不過的問題，卻讓蘇凡蓉當場愣住。

　　「你不用理我媽說的話，不用在意這種事。」她拒絕透漏。

　　「這可不行，我們兩家的關係非同一般，我怎麼可能會不理會蘇媽媽的請託。」他不同意。

　　「方爾陽，別忘了你現在踩在誰的地盤上。」

　　「蓉蓉，妳其實很討厭我吧？」本來是不想直接到這程度的，但方爾陽想了想，覺得不如直搗黃龍，或許能得到自己想要的答案。

　　「什麼？」蘇凡蓉當場愣住。

　　「難不成妳的理想型是像我這樣的男人？」他的表情平穩，但眼神卻不是那麼一回事兒。

　　「……不要亂說！」慌慌張張否認後，蘇凡蓉馬上逃回房間把自己關起來。

　　對，她內心深處其實有塊陰影，但她卻已經習慣性忽略，卻沒想到今天被他直接揭開來，這要她怎麼反應的過來？

已經催眠自己很久的兩件事，她現在才不會拿出來煩惱自己，所以她一點都不想告訴他，她的理想型是他，但同時她又很討厭他！

****

其實蘇凡蓉對方爾陽的印象一直停留在兒時居多，畢竟兩人長大後沒什麼

聯絡，但她必須說這個男人遠看好看，近看更好看。

說實在話她從小時候就很羨慕他的外在條件如此優秀，好像可以不費吹灰之力就得到許多人的喜愛，而且她敢保證絕對不會有人會拿他的外表來大肆批評，因為他的長相幾乎可以說是挑不出毛病，很俐落的形容就是「帥」，誇張一點形容就是「帥到人人想要」。

如果要說他的改變，那就是稚氣沒了男人味重了，他現在是個男人了，而且是個很帥氣的男人，而她很清楚自己會判定自己的長相等級幾乎屬於路人甲的原因，不就是因為有他來對比嗎？

自小就被長輩們拿來比較，她不想習慣也習慣了。

她就是因為從小就常常被拿來跟他比較，所以長大後覺得只要不要常面對人群就不會常常被拿來跟別人比較，但這種事她才不想在他面前承認！

她是成年人了，不會再因為這種事難過！

「蓉蓉，過幾天我就搬出去。」

傍晚時分，眼見蘇凡蓉一直躲在房間不出來，方爾陽也不急著催她，反而走到她房門前說了這樣一句話，然後下一秒就見到房門火速被打開。

「幹嘛搬走？」她問，眼神有點疑問有點驚慌。

「因為我覺得我打擾到妳。」不管是生理還是心理。

「我沒有這樣認為啊。」她拒絕被扣帽子。

「抱歉，但我是這樣認為。」他笑，笑裡有些無奈。

他是她心裡一塊陰影，說實話，他不能接受，因為他們的過往挺美好的，但他沒想到她卻不是這樣認為。

****

聽到方爾陽說要搬出去，讓蘇凡蓉一整天在公司的臉色都很糟，誰來跟她說話她都沒好口氣，最後聽到有人說要去喝酒居然破天荒直接衝過去強硬的說自己要加入，最後的結果就是被兩個同事送回家。

「謝謝妳們送她回來。」從她同事手上把人接過來，方爾陽臉上雖然還帶著禮貌的微笑，但其實心裡不太舒服。

她怎麼會醉成這樣？

「請問，你是凡蓉姐的男朋友嗎？」同事甲眼底冒著星星，以不甚確定的語氣問著。

「麻煩妳們，下次要喝酒的話不要讓她跟去，也不要主動找她。」沒有回答，方爾陽卻是臉色一整雙眼一睞，丟了句請託。

「好……」即便是超級大帥哥，變臉還是挺恐怖的，同事甲乙互看一眼，紛紛點頭然後轉身就逃。

生氣的帥男人也是不能惹的，她們很聰明馬上奔進電梯，但在電梯門關上的一霎那，方爾陽把蘇凡蓉打橫抱起的偶像劇畫面她們倒是沒有忽略。

嗯，如果女主角美一點就好了。

這是她們的心聲，也是很多人看到這種畫面會說的話，可是他們都不知道其實這樣的話有多傷人。

****

迷迷糊糊間蘇凡蓉覺得自己好像到家了。

半夢半醒間蘇凡蓉覺得自己的外套好像被脫掉了，但她不知道的是，原來她會發酒瘋，把方爾陽折騰到凌晨四點還無法休息，就忙著照顧她。

　　其實，發酒瘋也沒什麼，壞就壞在她喝醉居然是個大嘴巴，什麼話都毫不保留全說了出來，導致方爾陽聽她倒了一整晚的垃圾，而內容大部分卻都是關於他。

　　但這還不打緊，最後她也不知道是大爆發、大解放還是覺得熱，總之把自己衣服都脫了也就算了，居然還拉方爾陽下水，猝不及防的情況讓方爾陽當場傻眼，而後來幾近赤裸的她竟然又開始眼淚狂奔，摟著他脖子要他別走，說她很歡迎他繼續住下來。

　　當然，這都是在蘇凡蓉酒醉的時候做的事，等她酒醒她就知道臉丟大了，但現在她還沒醒，朦朦朧朧的眼神看著眼前這張好像已經看了很久，但怎麼看怎麼好看的臉，小嘴一嘟竟然就貼了上去。

　　「蓉蓉！」方爾陽瞬間往後退，但閃不開她如八爪魚似的攻勢，黏人的吻帶著酒精的氣味。

　　「為什麼你是一個這樣的人呢？你天生就有這麼優越條件而我卻好像路人什麼都不是……這樣的我，連喜歡你都不敢說……」她像是在抱怨，但臉上的表情卻是渴求。

　　一個看似好像高攀不上的人就在她面前，她其實不想這樣的，但控制不了自己因為酒精催化而爆發的念想。

「蓉蓉，妳不應該這樣想，我也根本不喜歡妳這樣想。」無奈的語氣再現，方爾陽輕輕拍著她的背安撫她。

「小陽，你一定要搬走嗎？」她問著，眼神很朦朧。

「這件事等妳醒了再討論。」他不願意馬上給答案，至少現在不行，因為她是酒醉的狀態。

「現在說不行嗎？」她很堅持，但其實她已經見到周公在對她招手。

「睡吧，明天妳酒醒了我們再談。」她堅持他更堅持。

最後，鬧了一晚的蘇凡蓉終於在方爾陽不斷的安撫下睡著了，然後想當然爾，明日就是她放聲大叫的日子，半點不差。

****

無顏面對江東父老是什麼情況，蘇凡蓉現在完全可以體會，只見她抱著頭一副想把自己掐死的模樣，就真的只差沒挖個地洞把自己埋了，就在她慢慢酒醒，回憶也慢慢回來之後。

該死，人家不是說酒醒後什麼都不會記得嗎？為什麼她記得的事還不少，而且丟臉的部分一點也沒漏掉！

好，很好，她覺得這世界逼近末日，在這種情況下她哪還有臉面對方爾陽？

當然是能躲盡量躲，打算躲到末日來臨她再考慮要不要出來面對為止。

　　而她不想面對，方爾陽也倒是沒有逼她的打算，因為他不是說了嗎，他時間很多，而且就算她怎麼躲，也躲不掉他的，因為……他是她的新上司。

　　而今天是方爾陽新官上任第一天，所以當他走到蘇凡蓉面前時，她臉當場綠了。

　　果真是天要亡她毫不客氣，狹路相逢就在今日，虧她躲了好幾天，也還在奇怪他怎麼還沒正式去上班，沒想到好不容易挨到他要上任了，結果就任處卻是她的公司，這夠鬧，她覺得老天爺在玩她，完全不懷疑。

　　但老天爺並沒有對不起她，因為方爾陽跟她說過，是她自己壓根兒沒聽進去又或者說是沒聽清楚。

　　所以比起她，方爾陽顯然正常多了，跟大家打過招呼後便回自己專屬的辦公室，然後毫不意外蘇凡蓉就聽到女性同事們開始討論起方爾陽那優越的外表，只除了兩個人一直用很奇怪的眼神看著她，然後拉來大家竊竊私語，最後變成所有人都用很奇怪的眼神盯著她瞧。

　　「怎麼了？」蘇凡蓉感覺背脊發涼。

　　「沒什麼，只是不知道原來醜小鴨沒變成天鵝也能遇到王子而已。」

　　大多數人都沒開口，但總是會有一兩個酸葡萄心態的人出現，語氣酸表情酸，酸到骨子裡那種。

　　「什麼？」蘇凡蓉一臉問號。

　　不過，她的疑問卻沒人願意幫她解答，眾人一哄而散，各自上崗工作去了。

****

　　緋聞？

　　不會吧？

　　她跟他？

　　她的老天爺啊，她已經夠亂了，怎麼還有人來添亂呢？

　　所以說酒多傷身也會惹來麻煩這句話果然是真！

　　但這不打緊，最重要的是蘇凡蓉發現本來被當成路人的自己居然成了熱門人物，假意來恭喜的、心理不平衡來酸兩句的、對她的平凡大作文章的，總之啥情況都有，就是沒有真心替她開心她找到好男人的人，雖然她跟他根本不是那種關係。

　　「凡蓉姐，妳真不簡單，長得這麼樸實還能找到那麼帥又那麼有能力的男人，我真替妳開心，妳要知道，這種男人真的很難找，男人嘛，誰不喜歡美女，妳倒是說說妳是用了什麼方法才交到那樣的男朋友？」

這樣的話，蘇凡蓉這幾天已經聽了無數次，而且沒人相信她跟方爾陽沒有任何關係，而一切就是因為那天她喝醉被兩個女同事送回家，然後抱她進家門的就是方爾陽。

住在一起、公主抱、王子生氣說不許有人再找她喝酒，這樣的情況要否認什麼都像此地無銀三百兩，怎麼解釋也沒用。

「感情是要從小培養的，我們是青梅竹馬怎麼妳沒有聽蓉蓉說過嗎？」

忽然間，在蘇凡蓉疲於應付的時候，方爾陽悄悄從她身後出現，一派愜意看著酸葡萄小姐。

「你不要亂說話！」蘇凡蓉當場大驚失色，轉頭就是一拳捶過去。

但方爾陽沒有理她，只是看著酸葡萄小姐又說。

「上班時間有這個閒工夫來問八卦，我的管理太鬆懈了嗎？還是妳就是個空有外表沒有工作能力的草包？」要酸大家來酸，他也不會酸輸人，既然有人上班偷懶，那就不要怪他護短。

都好幾天了，他都沒發作不代表他不知道這些女人是怎麼明褒暗諷蘇凡蓉的。

「對……對不起！我馬上回去工作！」酸葡萄小姐哪還敢多留，馬上一溜煙跑回座位。

「你幹嘛生氣？」蘇凡蓉一臉訝異看著他，但說實話，她內心覺得挺痛快的，甚至還有點小鹿亂撞。

他在保護她為她抱不平，這種事在她出社會後從來沒有人為她做過，她沒想到第一次為她這樣做的人竟然會是他。

「沒生氣，只是她酸妳我就酸回去，既然大家都喜歡在上班時間嘲諷別人兼問八卦，那我當然可以護短兼展示一下我過人的口才。」一切很理所當然相當自然不是嗎？

「……你不介意嗎？」她楞了下，問了句沒頭沒腦的話，但實際她是在說他們兩人的緋聞。

「跟妳有什麼好介意的？」他笑，轉身離開。

但他離開了，蘇凡蓉卻傻了，內心的小宇宙爆發，久久不能回神。

****

「蓉蓉，我們談談。」

方爾陽強硬的語氣加上手直接就搭了上來，讓蘇凡蓉想躲也沒辦法躲，只好抑制過快的心跳，任他摟著肩膀然後兩人一起落坐在沙發上。

「要談什麼？」她拼命克制自己的心跳，佯裝隨口一問。

　　這幾天她都控制不了自己胡思亂想，現在他出這一招，讓她實在很難抵擋，但偏偏耳邊一直有個聲音告訴她，她不可能愛上他。

　　可為什麼不可能？

　　蘇凡蓉在心中默嘆，明白這件事其實很容易，至少對她而言根本不費吹灰之力就能做到。

　　但心裡有個坎兒過不去，她自己也是知道的。

　　「妳對我有感覺嗎？」他問，表情很認真。

　　「……你是在跟我開玩笑嗎？」她撇開頭，覺得自己正在被耍。

　　「不是，所以我希望妳回答我。」他沒放棄繼續追問。

　　「有又如何？」一個轉頭，蘇凡蓉一臉豁出去的表情。

　　「所以妳上次喝醉時說從小就喜歡我是真的？」他很確信自己的確聽到這樣的話。

　　「哪有！我沒有！」違心之論加自我催眠，從很久以前催眠自己到現在，她怎麼可能承認？

　　而且更正確一點來說，她對他根本是又愛又恨，加上諸多因素使然，她會承認才有鬼咧！

「那我們要不要試看看？」她的表情說明了一切，方爾陽便丟了個炸彈出去。

「試什麼？」她一臉疑問。

「談戀愛。」他笑，不意外她當場變成木頭人。

嚇到她了，挺好的，他不喜歡她嘴硬，但跟她試試變成情人的感覺好不好，他倒是覺得很有興趣。

＊＊

這個人的腦袋一定出了什麼事！

被方爾陽拉著手出門，蘇凡蓉一邊看著他的側臉，一邊想著世界末日雖然沒來，但是她卻被隕石打中，至今尚未恢復，但他卻一臉自然，好像還真把她當成女朋友一樣呵護。

「你到底在想什麼？」她終於忍不住開口問了。

「想延續幼時的美好。」他這麼說。

「我說，你是在同情我嗎？」她非常不需要這種同情。

「妳是想惹我生氣嗎？」他眼底閃動著危險的光芒。

「我只是覺得很奇怪好不好！」他耶！這種條件跑來跟她湊一起做什麼？

「有什麼好奇怪的？男女之間如果有感覺不就應該談個戀愛然後看看能不能發展下去嗎？」這一切很正常。

「你什麼時候對我有感覺了？」真是愛說笑，她一點都看不出來。

「感覺一直都在，只是看有沒有條件催化而已。」從小就建立的感情當然不會消散，畢竟回憶都是好的，又不是壞的。

「所以是哪裡讓你催化了？」她非常疑問。

「妳大爆發的感情啊。」對他又愛又恨的女人，怎麼可能沒勾起他的興趣。

「……該死，我不應該喝醉的！」後悔，她非常後悔。

「蓉蓉，妳真的覺得這樣不好嗎？」他問，臉湊近她。

「呃……」她想後退，但是後腦杓已經被他的手掌握住。

「不錯對吧？」他笑，就在大街上，他的嘴唇貼住了她的。

是不錯……

在被他吻住的那一刻，天旋地轉的場景讓蘇凡蓉只能想到這句話，然後慢慢的鼓起勇氣把手搭上他的腰，心頭甜意氾濫，正是訴說著喜歡。

喜歡的不得了！

-完-

曖昧 2000 天

文：藍色水銀

一：紅豆牛奶冰

高中二年級的阿信愛上了重金屬音樂團體蠍子 Scorpions，他決定把打工的錢買一把電吉他，透過同學的介紹，找了一個老師，他在大里的中興路上開啟了他的音樂學習之路。上了幾堂之後，在回家的路上，離吉他教室僅三百公尺處，他看到了一個長髮過肩的男生，深邃且立體的五官，像極了另一個重金屬團體 KISS 的主唱，瘦高的身材，於是阿信停了下來，那是一家冰果店前，店裡面的電視正播放著 KISS 唱的歌，於是阿信問那男生：「你喜歡 KISS 的歌嗎？」

「是啊！進去坐坐。」

「小碧，客人喔！」然後他對著店裡大叫。

阿信把書包跟吉他放好時，長髮男生不見了，正當阿信充滿疑惑的同時，一個很可愛的女生拿著一張簡單的 Menu 走向阿信：「同學，想吃什麼冰？」

「你推薦吧！」

「紅豆牛奶。」

「好，就紅豆牛奶。」其實阿信有點懷疑她的推薦。

　　身高只有一百五十公分的她，五官跟那長髮男孩有幾分像，剪了戴安娜王妃那樣的髮型、瓜子臉、一雙水汪汪的電眼、尖又略寬略高的鼻子、嘴巴比櫻桃小嘴略大、嘴角總是微揚的笑容很陽光，可惜太矮了一點，但阿信似乎喜歡上她了。

　　「剛剛那個男生是妳的……？」

　　「是我哥哥；你在練吉他喔！」阿信點頭。

　　「我哥哥練的是鼓。」她一手指向電視旁的那套鼓。

　　「那很難吧？」

　　「他啊！是個瘋子，一天到晚都在練鼓，不然就是在看那些帶子。」阿信眼睛瞄到了蠍子、KISS、Def Leppard 共八捲錄影帶。

　　「全都是重金屬音樂嘛！」

　　「你也愛聽嗎？不然怎麼會知道？」

　　「是啊！我正在練蠍子的歌。」

　　「難怪你對他有興趣，本來我還以為你是同性戀呢！」

　　「同性戀？什麼是同性戀？」阿信一臉疑惑。

　　「沒有。」小碧翻了白眼，心裡想說真的假的，連同性戀都不知道，然後用水汪汪的大眼看著阿信。

　　「快告訴我嘛！什麼是同性戀？」

「就是男生喜歡男生。」

「喔！那我不是。」

「你怎麼那麼單純啊？回去問你爸爸好了。」小碧一抹微笑看著阿信。

從那天起，阿信只要有上吉他課，就會到小碧的冰果店吃一碗紅豆牛奶冰，小碧的笑容像是紅豆甜而不膩、聲音甜美的像糖水、眼睛像煉乳般有種迷人的氣息，跟小碧聊天，就像是心情在感受桌上的紅豆牛奶冰，那般特別。

此時電視正播放著 KISS 唱的《BETH》，阿信盯著電視將小碧晾在一旁：「你喜歡這首歌？」小碧問。

「當然，這種團體能夠唱出這麼有感覺的抒情歌，是一種奇蹟吧？如果說，噪音般的重金屬像地獄來的使者唱的，那這首歌就是長了翅膀的男天使唱的。」

「嗯！」小碧點頭心想，講得太好了，於是雙手撐住下巴洗耳恭聽並用她那雙電眼看著阿信。

「沒想到你看起來這麼斯文，竟然會喜歡這種音樂。」

阿信也看著小碧，他的心跳得很急，幾乎快喘不過氣，不過美女當前，阿信還是把這種戀愛才有的感覺給隱藏著。

「不是的，每一種音樂都有吸引我的地方。」

「每一種？」小碧懷疑的眼光看著阿信的眼。

「對啊！」

「那沈文程呢？」

「喜歡啊！」

「騙人，唱一首來聽聽。」

於是阿信唱了《心事誰人知》，雖說阿信只是高中生，歌聲中帶著些許蒼蒼與無奈。

「好啦！我相信你，那古典音樂呢？」小碧充滿期待的眼神盯著阿信，阿信有些招架不住，他越來越喜歡小碧了。

「超愛。」阿信堅定的眼神看著小碧。

「真的嗎？我不信，反差這麼大耶！」小碧的眼神彷彿透露出，終於找到知音了。

「貝多芬、巴哈、孟德爾頌、莫札特、李斯特、布拉姆斯、舒曼、蕭邦、舒伯特、海頓。」隨口就說出十個知名古典音樂大師，讓小碧大為吃驚，張口結舌。

「好啦！我投降。」

「我有一些古典音樂的帶子，要不要聽？」

「好啊！」

「下次來的時候拿給妳。」

「你花這麼多時間在音樂上，什麼時間唸書啊？」

「一邊聽一邊唸啊！」

「怎麼可能？要是我一定沒辦法！」

「我媽也這麼覺得。」

「聊聊你媽媽吧！」

「想知道什麼？」

「先說她的長相好了。」

「我跟她幾乎長得一模一樣，把一頂假髮套在我的頭上，就很像她了。」

「真的嗎？我現在去拿假髮。」小碧笑了出來。

「不行，妳的家人在旁邊。」

「騙你的啦！我那來的假髮。」小碧又笑了。

「我外公有一半的荷蘭血統，所以我媽很像外國人。」

「跟我想的一樣，我就覺得你很像外國人。」

「真的嗎？」

「當然是真的。」

「那妳覺得我像史特龍嗎？」

「哈～～～是有點像！不過你這麼瘦。」

「我說的是長相啦！」

二：意外的惡夢

隔了一周，阿信拿著古典音樂的帶子到小碧家。

「給妳的。」

「謝謝！」

「客氣什麼！如果喜歡的話，我下星期再拿別的過來。」

「好啊！」

「妳要出去？」

「對啊！所以我不能陪你了，BYE BYE！」

「再見！」

阿信跟小碧的緣分似乎就此打住，學習吉他之路斷了，那個吉他老師無法讓阿信進步，所以阿信停止了課程，也沒有再找小碧的理由，為了月考，阿信認真念書沒有去見小碧。

一天晚上，阿信夢見一台黃色山葉 DT 越野機車，高速撞上了電線桿，小碧的哥哥慘死，接著小碧的哥哥竟然站起來對阿信說：「好好照顧小碧。」

此時阿信夢醒，一身冷汗，越想越不對，決定到小碧家看看，門是半開的，但裡面沒人，兩周後，阿信再度造訪，小碧家裡的氣氛非常低迷，阿信急忙問小碧：「到底怎麼了？怎麼那麼多天沒開店。」

「就我哥啊！出車禍走了。」

「撞電桿？車子斷成兩截？」

「你怎麼知道？」

「是不是兩個多星期前？」

「對啦！」

「那時候我夢到他出車禍，他託夢給我，要我好好照顧你。」

「他託夢給你？」小碧眼框裡充滿了淚水。

「我本來想跟他提起，說要跟他組一個樂團的，沒想到還沒說，他就走了。」

「你該走了。」小碧擦去眼淚說，因為小碧的爸爸叫她去吃飯了。

「再見。」

阿信寫了一封信給小碧，內容是這樣的：

親愛的小碧：

我很高興因為他而認識妳

也很高興妳帶給我的快樂

只是我不知道，他給我的遺言那麼沉重

我不清楚，自己是否有那樣的能力照顧妳

我感謝妳讓我更了解女孩子心中的想法

妳曾說過，我不是妳喜歡的那種男孩

所以我們變成了無話不說的好朋友

但現在，我迷惑了

我該用什麼樣的心態面對妳？我不知道！

這個答案只有一個人可以告訴我

而妳，就是那個人

　　　　　　　　　　　　　　　　　阿信

小碧很快的就回信，她的字很美，阿信急忙進房間，把信拆開。

阿信：

他是他，我是我，你是你

況且你也沒有答應他什麼？

我也很高興有你這樣一個朋友

這讓我相信，男女之間是有純友誼的

如果有一天，你想要開始追求我了

我也許會考慮跟你約會

但，在那之前，我只把你當朋友

家裡少了一個人，總是怪怪的

但日子久了，就習慣了

好好保重你自己，不要像他一樣

下下星期五是我生日，可以陪我看場電影嗎？

小碧

三：當哈利遇上莎莉

「妳是壽星，讓妳選片。」第一廣場的 U2-MTV 大廳，阿信說看著小碧說。

「當哈利遇上莎莉。」小碧已經把帶子拿在手上。

當演到莎莉在餐廳裡假裝性高潮那段時，阿信看著小碧，而小碧也轉頭看了阿信一眼。

「妳知道她在做什麼嗎？」

「知道啊！」

「妳有過經驗了？」

「沒有。」

「那妳怎麼知道？」

「我跟同學一起看過 A 片。」

「看電影吧！」阿信比著螢幕。

就在電影快結束時，小碧冷不防的抓住阿信的手。

「你的手好冰啊！」

「妳也是。」阿信臉都紅了。

「你可以抱著我嗎？」阿信從後方摟著她。

「如果有一天，我們真的發生關係了，而我沒辦法滿足妳，妳會像莎莉一樣，假裝高潮嗎？」

「你想的美！」

「所以，妳打算當一條死魚躺在床上嗎？」

「我會不會是死魚還不知道，但是你再問下去會變成死人。」話才說完小碧拿起旁邊的抱枕往阿信頭上招呼。

「所以妳願意跟我發生關係嘍？」

「看電影啦！」小碧雙手插腰，又生氣，又覺得好笑。

「看就看！」小碧把頭靠在阿信的右胸上，抓著阿信的雙手，阿信坐在小碧後面抱住小碧，臉貼住她的頭髮，沒多久，阿信就有了生理反應，不過他沒行動，直到電影結束。

化妝室外面，兩人的體溫還是很低。

「這裡好暖。」小碧說。

「對啊！」

「再看一片好嗎？」

「妳是壽星，都聽妳的，不過妳爸媽不會擔心嗎？」

「他們知道我是跟你出來，很放心。」

因為冷氣太冷，於是看第二部片時，阿信從頭到尾都抱住小碧，快忍不住時就閉上眼。

「我覺得你啊！是棵木頭。」

「為什麼？」小碧沒有回答。

「我知道了。」小碧閉上雙眼等著阿信。

阿信輕輕吻了小碧的臉頰、額頭，用食指輕輕碰了一下她的性感的嘴唇。

走出 MTV 後，小碧說了讓阿信震驚的話。

「你剛才為什麼不繼續？怕我吃了你？」

「不是。」

「那為什麼？」

「我不想散場後被清潔人員發現兩條人肉冰棒。」

「誰跟你說我要跟你做那件事了。」

「不然呢？」小碧沒有回答，牽著阿信的手。

「我們去吃東西。」

　　腳踏車的鐵管上，坐著小碧，阿信載著她到了忠孝路，在一家知名的魚羹店吃宵夜，兩人之間還能維持純友誼嗎？

四：一日男友

　　兩人開始到附近的中興大學約會，手牽手、談天說地，就是沒談感情。

　　「你最近很奇怪耶！」

　　「怎麼了？」

　　「你有心事？」

　　「上次跟妳提過的女生，我喜歡上她了。」

　　「那就去追啊！」

　　「她應該不會理我吧！」

　　「那你喜歡我嗎？」

　　「非常喜歡。」

　　「騙人，那天在 MTV 裡你明明可以親我的。」

　　「我不知道，我一直有個感覺，妳就像是我妹妹。」

　　「所以你就不敢行動。」

　　「不是的，我不適合妳的，我太壞了。」

「你那裡壞了？」

「除了你，我同時還喜歡上另外三個女生。」阿信轉頭，深深嘆了一口氣，小碧則是無言以對。於是兩人關係走向冰點，阿信要約小碧都碰釘子，連見面都很不容易，即使見面，小碧也不像之前那般親近。

確實，花心的阿信，除了要上課、補習、練習吉他之外，也想辦法在追求他喜歡的女生，忙得不可開交，因此對於小碧總是無法全心投入，只是偶爾到她家坐坐，而小碧也不太願意跟他出門，就這樣，很快就過了一年，某天，阿信接到小碧的電話：「明晚可以過來我家嗎？」

「好啊！」阿信很爽快的答應了。

小碧家還是一樣，只不過冰果店不營業了，家人都到了，還有四個同學，十幾個人在場，原來是小碧的生日，阿信把車停好，這時有個女生說：「齁！難怪你不要小張了，他這麼帥。」於是四個女生慫恿阿信親小碧，阿信輕輕吻了她的臉。

「妳們啊！別被他的老實的外表騙了，他很花心的。」

一陣歡笑之後，送走了客人跟家人，店裡昏黃的燈光下只剩下阿信跟小碧。

「當我一天男朋友。」阿信愣了一下。

「怎麼？不行嗎？」

「沒有，妳是壽星，妳說了算。」

「那你幹嘛猶豫？」

「跟我談過戀愛的幾個女生都分手了。」

「還好你沒有真正跟我談戀愛，不然啊！應該早就跟我分手了，你看，她們現在都陣亡了，只有我還在你身邊。」小碧得意的笑容帶著一絲不尋常。

兩人隨後騎車上大肚山望高寮看夜景，不過阿信最近跟別的女生剛來過，似乎興趣不高，小碧也不是第一次來，看了幾分鐘就想走了。

「聽說，旅館都會放 A 片，你知道那一家旅館有放嗎？」小碧的問題讓阿信嚇一跳。

「幹嘛？」

「你管我，我想看啦！」小碧似乎生氣了。

「妳會後悔！」

「後悔什麼？又還沒看。」

進了旅館之後，阿信如小碧的願，將電視轉到成人頻道，不過小碧卻不滿意。

「女主角好醜，換台。」

「男主角怎麼那麼矮，換台。」

「耶！你在幹什麼？」好不容易看到一部還算滿意的。

「脫褲子啊！」

「誰叫你脫的。」

「早說過妳會後悔的。」

「我是叫你陪我看，又沒叫你陪我做。」阿信摟著她，開始親小碧的臉，小碧沒有反抗，於是又親她的唇，但小碧緊閉雙唇，阿信開始解開她上衣的鈕扣，直到白色的內衣露出豐滿的雙峰，然而，小碧還是後悔了，她推開阿信，把鈕扣一一扣上。

「你真的願意跟我做？」

「為什麼這樣問？」

「我只想知道，你的心裡有沒有我？」

「我喜歡妳，可是我也喜歡別的女生，所以我一直不願意跟妳更進一步發展，可是，我覺得現在時機到了。」

「怎麼說？」

「現在，她們都離開了，我可以專心跟妳在一起了。」

「少來，那天你又喜歡上別的女生了。」

「妳會怕？」

「當然。」

「我知道妳可以全心全意的愛我，可是我沒把握。」

「哼！」

「把電視關掉好嗎？我快忍不住了。」

「什麼？」電視仍播放著剛才那部 A 片。

「妳不想被我強姦吧？」

「喔！」阿信把電視關掉，兩人目光相對。

「妳好美。」

「你好壞，為什麼要對我這麼殘忍？」

「因為我是真心愛妳的，我不希望妳跟著我受苦。」

「難道兩個人同心合力那麼難嗎？」

「我不知道，這麼久了，妳難道沒發現，我跟妳哥很像，都是浪子。」

「我知道啊！所以我更想要跟你在一起。」

「可是……」阿信欲言又止。

「別說了，你太殘忍了，怎麼可以這樣對我。」小碧說完撲向阿信懷裡，眼淚奪眶而出。

「難道你不知道我也喜歡你。」小碧接著說。

「我知道，所以我更不能輕易跟妳在一起，我希望妳能夠幸福快樂的過一生，跟我在一起，妳未必會快樂的。」

「你不試，怎麼會知道？」阿信無言以對。

雖然阿信已經確定了小碧的想法，但此時的他，比較喜歡的是別的女孩，他內心真的很掙扎，要追求一個非常喜歡的女生？還是跟一個已經確定喜歡自己，而自己也喜歡的女生在一起？或許是命運的安排吧！阿信想追的女孩實在很難約，要見一面都很難，所以阿信跟這個非常喜歡的女生就這樣暫時見不到面了。

五：花心男孩

中興大學校園裡，阿信跟小碧依舊是手牽手走在中興湖旁邊。

「我們有多久沒見面了？」小碧問。

「一個半月吧！」

「在忙什麼？」

「沒有，我只是最近心情不好。」

「什麼事讓你心情不好？」

「我的人際關係不太好，被同學排擠。」

「這有什麼好在意的？我也常被排擠啊！」

「真的嗎？那我們是同病相憐嘍！」

「誰跟你同病相憐了！」

「生氣啦？」

「才沒有。」

「我問妳一個問題，妳要認真回答我。」

「好啊！你問吧！」

「那天在旅館，如果我忍不住了，妳會反抗嗎？」

「這是個笨問題。」小碧背對著阿信露出笑容。

「為什麼是笨問題？我是認真的。」

「聽說，男生跟女生做過了之後，就很容易分手。」

「妳怕我會不理妳了？」

「你這麼花心，我實在很難放心把自己交給你。」

「所以我們要一直這樣下去？」

「你還沒通過考驗，所以暫時是這樣沒錯。」

「什麼考驗？」

「你自己心裡明白，又何必問。」於是兩人的關係停滯不前，約會也只是牽手、聊天。

　　時間過得很快，高職畢業之後，兩人忙著聯考，阿信考的不理想，小碧也是。

「你考的怎樣？」小碧問。

「勤益工專，機械製造科備取，還不一定有得唸。」

「比我好，我什麼都沒考上。」

「打算怎麼辦？」

「重考吧！？」

「我也是。」

「可以陪我去散散心嗎？」

「當然可以，想去那裡？」

「溪頭好了。」

「好啊！什麼時候出發？」

「明天早上八點來接我。」

阿信騎著自行車載著小碧，來到了車站。

「確定要去？」

「嗯！」

「等我一下，我去把車子鎖好。」

「還是別去好了，我們去 U2 看電影。」

「怎麼了？」

「沒什麼！走吧！」

「我想看靈異入侵。」

「這是什麼片？」

「恐怖片啊！」

「真的假的？」阿信張大眼睛看著小碧。

「當然是真的啊！」恐怖片就是氣氛很緊張，小碧不時的尖叫，阿信一如往常在後面摟著她，降低她的不安。

「你睡著了？」

「昨晚沒睡好，有點累。」

「你錯過緊張的部分了。」

「喔！」

「不準再睡了。」

「沒問題，我去洗臉。」

「我也要去。」於是阿信拿起話筒請櫃台將影片暫停。

「我肚子餓了。」

「要點這裡的餐？還是看完再去吃？」

「隨便吃一點就好了。」

「好，我去點。」

「一起去，順便挑下一部電影。」

　　「好啊！」兩個人最親密的時光幾乎都是在 U2 的包廂裡面，出了包廂，就是牽手而已。

　　「我要看十三號星期五。」

　　「那一集？現在已經出到第七集了。」

　　「就第七集好了。」

　　「還想去那裡嗎？」電影看完之後，阿信問。

　　「沒有。」

　　「到台中公園走走？」

　　「不要，還是去中興大學好了。」小碧還是坐在腳踏車中間的鐵管上，阿信用右手撐住她的背部。

　　「電影好看嗎？」小碧問。

　　「不錯。」

　　「你不喜歡恐怖片嗎？」

　　「很少看。」

　　「男生不是都會找女生看恐怖片，趁女生害怕的時候抱住她們？」

　　「不知道耶！以前曾經跟一個女生去看了麥可傑克森的《顫慄》，看完之後說她要去收驚，然後就很少聯絡了。」

　　「哈～～～那部片子我覺得一點也不恐怖啊！」

「那今天這兩部呢？」

「都還可以，靈異入侵比較好看，你還會陪我看恐怖片嗎？」

「當然啦！只要妳想看的，任何電影我都會陪妳看。」

「不可以食言而肥喔！」

「當然不會。」小碧笑得很燦爛，阿信隱約感覺到了。

「到了，下車吧！」

「屁股好酸。」

「要幫妳揉嗎？」

「想的美，這裡是中興大學耶！」

「如果在 U2 裡面呢？」

「你就那麼想跟我……」「做愛」這兩個字小碧沒說出口。

「當然想啊！」

「我才不信。」

「每次都是妳踩煞車，不是嗎？」

「你可以主動一點啊！」

「是妳說的喔！不要後悔。」

「為什麼會後悔？」

「那我們現在就可以去旅館了。」

「不行啦！我今天那個來了，所以才會取消去溪頭。」

「喔！」

「先載我回去，我需要換衛生棉。」

「好吧！」

「等我一下。」小碧家門外。

「沒問題。」

「對不起，我不太舒服，改天再見面吧！」

「喔！」阿信愣了一下。

「BYE BYE！」

「BYE BYE！」

六：心中的七個女孩

　　兩人開始為重考準備，這一年的阿信心裡很矛盾，心裡一直念念不忘的是音樂晚會同台的學妹，雖然有她家的地址跟電話，但她似乎不是很在乎阿信，所以兩人的關係也僅止於合唱兩首歌。

　　因為在補習班工讀，認識了櫃台阿月，她也很可愛，不過比阿信大一歲，兩人雖然在公司內看似親密，但其實阿月很自卑，始終不願跟阿信聊天，最多只是在同事面前打屁。

　　跟他去看了《顫慄》的女孩，原來只把阿信當成臨時避風港，後來跟學長復合，就結束兩人短暫的關係。

　　跟學妹同班的雯雯，無預警的闖入阿信的生活兩個多月，奪走了阿信的童貞，也偷走了他的心，就在此時，補習班財務出現狀況，阿月也離職了，阿信很傷心，不過他不願意此時去找小碧。

　　換了補習班工讀，小美在天天見面的狀況下喜歡上阿信，但因為小美到台北工作，兩人的感情只維持了幾個月而已。

　　從高一就喜歡的香香，只能看著她，但始終沒有跟她說上幾句話。連同小碧，一共七個女孩住在阿信的心裡，這種矛盾一直困擾著阿信，最終阿信還是回到小碧身邊，但他已經不是處男，儘管如此，阿信對小碧還是很尊重的，他知道，如果不能給小碧幸福，就不能跟她做愛。

　　「喂！」電話響了，阿信在睡夢中拿起話筒。

　　「都幾點了？還睡！」

　　「是妳啊！小碧，有什麼事嗎？」

　　「你很久沒來看我了。」

「對不起！這幾個月比較忙，怎麼了？」

「沒有，可以陪我逛街嗎？」

「好啊！要去載妳嗎？」

「不用，我買了機車，以後換我載你。」

「真的嗎？那妳過來載我，找得到地方嗎？」

「找得到。」

「什麼時候要來？」

「當然是現在啊！」

「喔！好。」

「妳騎還是我騎？」阿信住的地方是個小巷子。

「當然是你騎，你那麼重！」小碧瞪著阿信，心想，怎麼那麼不體貼啊！

「我很瘦耶！不到六十公斤。」

「怎麼可能？」

「怎麼不可能！只有五十八公斤。」

「好啦！別再討論這個問題了，上車。」

「要去那裡？」

「來來百貨。」

「買衣服嗎？」

「也許吧！可能買一些保養品。」

「花了多少錢？」阿信大包小包的走在小碧旁邊。

「快兩萬。」

「這麼多？」

「有些不是我的！是媽媽跟姊姊的。」

「喔！」兩人喬了半天，終於把東西放好，騎上機車。

七：生死一瞬間

　　小碧最後選擇了唸僑光商專夜間部國貿科，阿信因為父親下了命令，只能唸勤益工專機械科。由於沒有公車可以搭到勤益工專，所以阿信的父親買了一部名流 100 給阿信，一向喜歡羅大佑跟蘇芮的阿信，把機車送去烤漆，變成黑色名流 100。

　　「小碧，我有機車可以騎嘍！」開學前幾天，電話中。

　　「恭喜，什麼時候要帶我去玩？」

　　「現在就可以啊！」

　　「不行啦！我要上班。」

　　「那就星期天嘍！」

「好啊！」

「想去那裡？」

「不知道！」

「那就到時候再說了。」

「星期天早上九點來我家載我。」

「好，到時見。」

「哇！黑色的，好酷。」小碧家門口。

「花了四千五，重新烤漆。」

「錢太多喔！」

「這樣比較特別嘛！」

「愛出風頭。」阿信抓抓頭無言以對。

「想好去那裡了沒有？」小碧問。

「谷關好嗎？」

「不要。」

「海邊？聽說高美濕地很漂亮。」

「不要，很熱耶！」

「怕熱，那去溪頭！」

「我要去杉林溪。」

「在那裡？」

「跟溪頭同一條路。」

「現在出發嗎？」

「對啊！走吧！」

小碧坐在後座，雙手環抱著阿信的腰，臉上的表情如沐春風，不過阿信在前面看不到，一路上，兩人很安靜，騎到鹿谷的時候，阿信加了油，這時兩人才互相關心了一下，接著又跟出發的時候一樣，只是再來都是山路，彎來彎去的，所以小碧抱得更緊了。

「到了，屁股有沒有開花？」阿信問道。

「還好。」

「妳的頭髮變得好澎。」

「你也一樣啊！還笑我。」阿信往照後鏡裡看了一下。

「這樣有沒有比較帥？」

「比較像蟋蟀是真的。」小碧說完就笑得很開心，兩人幾乎全程都是手牽手，直到回程。

回去的時候已經起霧，阿信雖然騎很慢，但上山的公車開得很快，而且幾乎占據全部的車道，當阿信看到公車並按下煞車之後，因為路面很濕滑，機車瞬間就滑倒，小碧跌坐在地上

但手掌有些破皮，牛仔褲從膝蓋的地方磨破了，膝蓋也有一點挫傷，阿信只有右手掌破皮，公車從兩人左側不到十公分的疾駛而過，沒有煞車。

「有沒有怎樣？」阿信聞到汽油味，忍痛拉起機車之後，回頭問。

「一點點小傷。」

「我看看。」小碧伸出手掌，又比了膝蓋。

「沒關係的，你沒怎樣吧？」

「只有這裡破皮，等一下必須騎更慢了。」阿信比著手。

「那就走吧！」兩人騎到鹿谷之後找了西藥房，把傷口略為處理後，在那麼聊了一下。

「剛剛好危險，我以為公車會壓到我們。」阿信說。

「對啊！我本來以為會直接撞上去了。」

「如果剛剛我死了，妳會為我傷心嗎？」

「沒發生的事，我不回答。」

「要不要吃飯？」

「嗯！我也餓了。」

八：平淡的通信

由於兩人的時間很難配合，所以兩人之間開始用寫信來告訴對方自己的事，但小碧始終太過矜持，只說了一些噓寒問暖的話，阿信則強忍心中的不快，只是用類似的話語去回信給小碧，因為他知道，那些難過的事不該說。

阿信：

不論你做任何決定，我都支持你，不論發生了什麼？都要勇敢面對，不要輕言放棄，我的工作很忙，不能常常跟你見面，其實，我好想你，如果你願意說出你的心事，我願意當你的聽眾。

小碧

雯雯跟小美對阿信的衝擊還在，開學後，一個跟雯雯有六分像的女孩出現在校園裡，而更大的衝擊是有個跟小美很像的女孩也出現了，雖然阿信知道她們並不是雯雯跟小美，但只要看到她們兩人其中一個，傷口又會被撕裂，而更大的打擊是阿信在高中的死黨嘉年的死訊，兩人情同親兄弟，無法接受打擊的阿信，開始了頹廢，而父親的外遇造成母親強烈的反應都加重了阿信的沉默，而阿信做了重大的決定。

九：兵單

收到兵單的阿信，終於還是找了小碧。

小碧：

　　工作找到了，在迪迪 DISCO 當服務生，雖然很吵，但有我喜歡的音樂，也算是另一種收穫吧！不能看到妳，心裡總覺得是種缺憾，希望妳寄一些妳的照片給我，以解我的相思之苦，我也好想妳。

附上我的蟋蟀照一張

阿信

　　「月底報到，還有十天。」中興大學校園裡。

　　「別怕，你要變男人了。」兩人手牽手。

　　「沒怕啊！我只是沒想到會這麼快。」

　　「到時候要寫信給我喔！」

　　「那有什麼問題。」

　　「你有心事？」小碧看著眼神落寞的阿信。

　　「沒什麼！小事而已。」

　　「騙人，你一定有什麼大事不肯說。」

　　「別瞎猜了。」

「不說就算了，哼！」小碧似乎不高興並把手放開。

「生氣啦？」阿信雙手輕放在小碧的雙肩上看著她。

「看什麼啦？」小碧真的生氣了。

「看妳啊！再來要好久看不到妳了。」

「你認識那麼多女生，又不差我一個。」

「你吃醋啊？」

「才沒有。」

「她們都不在了，妳又何必耿耿於懷。」

「我才不相信。」

「是真的！」阿信堅定的眼神看著小碧。

「好啦！我相信你，我們去吃冰，好嗎？」

「我要吃水果冰。」小碧說。

「老闆，紅豆牛奶冰。」

「吃不膩啊！」

「這是我們第一次見面的時候，我在妳家吃的冰。」

「這麼久了，你還記得？」

「那時候的妳，微笑掛在臉上，才三秒，我就被妳深深的吸引，在那一刻，我就喜歡上妳了。」

「還敢說，這幾年你跟幾個女生在一起過？」

「我承認我很花心，但我很喜歡妳是事實。」

「不要臉。」但小碧的嘴角微揚，心裡是開心的。

「我去當兵，妳會想我嗎？」

「我不知道啦！」小碧開始埋頭苦幹，吃冰不說話。

「妳知道我為什麼喜歡吃紅豆牛奶冰嗎？」

「不知道。」

「妳的笑容像是紅豆甜而不膩、聲音甜美的像糖水、眼睛像煉乳般有種迷人的氣息，跟妳聊天，就像是心情在感受桌上的紅豆牛奶冰，那般特別。」

「你什麼時候變得油腔滑調了？」

「有嗎？」

「明明就是。」

「你該回家了。」小碧家門口。

「好好保重自己。」阿信的雙手再度輕放在小碧肩上。

「我已經很重了，不需要保重啦！我累了，記得寫信給我，掰掰。」

「再見。」

十：愛你九周半

　　十個月後，阿信移防到苗栗縣，守海防其實很無聊，所以時間很多，而且假期比較連貫，每個月都是連續的四天假，所以阿信特別安排了假期，配合小碧的生日，這是兩人認識後，小碧第五次生日，兩人一如往常到第一廣場的 U2-MTV 看片，小碧挑了《愛你九周半》，她並不知道阿信已經看過三次了，每次都跟不同的女生看。

　　「今天不可以動手動腳喔！」

　　「我不會的，每次都是妳自己先挑逗我的。」

　　「不管啦！今天就是不可以。」

　　「我知道了。」

　　「抱著我，我會冷。」阿信照做，小碧一絲微笑掛在臉上，不過阿信在後面看不到。

　　「怎麼都是在做愛啊？」

　　「妳選的片還問我。」

　　「你怎麼了？」

　　「快忍不住了。」

　　「不行，今天就是不行。」

「妳有那一次可以的，每次都在緊要關頭煞車。」

「反正就不行。」阿信抱著懷裡的小碧，心裡卻是暗暗叫苦，不能跟她做愛，太難受了啊！

「眼睛閉上。」電影演完了，抱著小碧的阿信說。

「才不要。」

「好吧！」阿信拿出一條項鍊。

「幹嘛？」

「生日快樂！我幫妳戴上。」

「好看嗎？」

「很適合妳。」

「幹嘛破費？」

「為了妳，做什麼我都願意。」

「騙人，我才不相信，那天看到漂亮的女生，你又會把我晾在一邊。」

「我可以發誓！」

「不用了，反正我習慣了。」

「該送妳回家了。」阿信深情地看著小碧，小碧閉上雙眼，阿信明白她的心意，但小碧只是微張雙唇，沒有跟阿信舌吻，

只接受阿信深深一吻，但這樣的進展對小碧而言，已經是非常大。

十一：分手

又過了一年，阿信退伍了，兩人的關係始終停留在牽手、擁抱、親臉頰，日子久了，阿信也習以為常，不認為會有什麼進展了。

這一天，兩人依舊坐在中興湖旁邊聊天。

「如果，我跟別的男生談戀愛，你會吃醋嗎？」

「當然。」

「如果他對我很好，你會祝福我們嗎？」

「嗯！應該會吧！」

「難道你都不會生氣？」

「我很喜歡妳，可是我是個浪子。」

「所以，你贊成我跟他繼續下去嘍？」

「我不知道！不論妳做什麼決定，我都尊重。」

「你不後悔？」

「人生是妳的，妳有選擇的權利，如果他真的很愛妳，那我有什麼理由反對！」

「難道你從來沒想過跟我組一個家庭？」

「我自己都餵不飽了，所以我不能把妳拖下水。」

「你就是這樣！總是對自己沒信心。」阿信冷不防的朝小碧的嘴親了下去，不過小碧還是推開他了。

「你想幹什麼？」

「證明我喜歡妳啊！」

「我知道你喜歡我啊！快六年了，我怎麼會不知道。」

「既然妳知道，為什麼一再拒絕跟我做愛。」

「我不知道，我會害怕，怕你被別的女生搶走了。」

「如果我可以只愛妳一人，妳願意跟我在一起嗎？」

「少來，你還是會花心的。」

「說來說去，妳還是會怕。」

「知道就好！」

「看樣子，是討論不出結果了。」話雖如此，小碧還是希望阿信能跟自己在一起，雖然他真的很花心，但這六年，他們共同經歷了許多事，許多歡笑，許多美好的回憶。

這是兩人最後一次約會，小碧接受另一個男生的追求，當阿信知道以後，他選擇默默離開，他知道，這 2000 個日子的曖昧關係已經結束，因為小碧很喜歡這個男人。阿信發動機車，

朝著苗栗騎去,回到他當兵的地方,那裡有美麗的沙灘和夕陽,阿信獨自走在黑色的沙灘上,看著海浪一波波地,不知不覺中,天色已經暗了,金色的陽光照在沙灘上,雖然很美,但阿信的心情是低落的。

　　阿信默默地承受這段感情的逝去,將小碧放在心裡的某個角落,即使已經過了二十多年,還是偶爾會拿起她的相片,癡癡望著那甜美的笑容,那個曾經讓他心動的女孩。

-完-

不想愛你卻愛上你

幸福獒犬罩護書

文：汶莎

　　「昆仔，我們今天去打撞球！」穿著後背刺繡外套的男子肘擊了一下坐在階梯旁抽煙的男子。

　　昆仔被突然的攻擊震了一下，罵了一句：「幹！沒看到恁爸低呷昏喔！」

　　男子揉了一下昆仔的頭。「喂！走啦！聽說那邊今天妹仔很多哩！」

　　「什麼？為什麼？」昆仔皺了一下眉頭感覺哪裡不太對勁。

　　男子哼哼了幾聲說道：「我今天讓道仔幫我帶幾個妹仔一起來玩，裡面一定有你喜歡的啦！」

　　昆仔笑了一下將煙捻息說道：「靠……這種好事現在才講，是不是兄弟！蛤！」

　　男子用手肘將昆仔勾進懷裡。「幹，我這不就是在講了嗎，走啦！」

　　昆仔跟男子就這樣坐上機車，隨著機車聲一路飆進道仔所說的撞球間。

　　到了撞球間，看到道仔和其他三個女性，都戴著口罩坐在撞球台邊說說笑笑的，昆仔和男子走了過去調侃道：「啊現在是怎樣，戴什麼口罩？蛤？」

　　道仔看了眼昆仔和闊嘴明，指了指櫃台的標語。

「啥？為防堵肺炎病毒疫情擴散，請戴口罩入內，並使用櫃台前的酒精消毒……這啥毀啦？啥咪肺炎病毒？是低驚啥？」

昆仔的聲音吸引了無數的目光，在這裡沒戴口罩的他們顯得特別突出，道仔巴了一下昆仔的頭說道：「你在那邊衝啥，人家叫你戴你就戴，叫你消毒你就消毒，你還要不要跟妹仔打撞球了？」

聽到道仔這麼說，昆仔望了望撞球間，識趣的摸了摸鼻子，二人乖乖的走到櫃台買了口罩，雙手噴了酒精，走回了撞球台。

道仔看到昆仔二人回來，便向身邊的女性們介紹：「我是黃明道，大家都叫我道仔，他是劉昆誠，大家都叫他昆仔，另一個是李亦明，我們都叫他闊嘴明，因為他嘴巴很大。」

「唉！哪有人這樣介紹的，我嘴巴哪裡大了……」

看著道仔和闊嘴明相互鬥嘴的模樣，逗得在場的三位女性笑咯咯，昆仔看著眼前三位女性笑著的模樣，突然覺得好幸福……不禁看呆了愣在原地。

道仔看到昆仔花痴的模樣，走過去又巴了一頭：「你這個色龜，看人家妹仔看的這麼入迷，是在發春喔！」

其中一名女性，看到昆仔的模樣，不禁笑了出聲，吸引了昆仔的目光，雖然她戴著眼鏡，但仍藏不住她細長的睫毛及圓

睜的杏眼，特別的令人覺得可愛，不知隱藏在口罩下的面容又會是如何。

正當昆仔還在幻想的時候，道仔開始請一旁的三位女性自我介紹，站在左邊的女子笑笑的說：「我叫林艾美，大家都叫我 Amy，不過我討厭台客，我家有門禁，八點必須回家，所以等等我就要離開了。」

聽到林艾美的自我介紹，三個男子聽傻了，還來不及反應的時候，第二位便又開始自我介紹。

「我叫鄧萱棋，大家都叫我棋棋，我也討厭台客，我家的門禁也是八點，所以我跟 Amy 也要一起回家。」

最後輪到昆仔喜歡的眼鏡妹子自我介紹了，正當眼鏡妹要說話的時候，鄧萱棋拍了她的肩膀說道：「她叫鐘樂，我們都叫她樂樂，她也討厭台客，她家也有門禁，也是八點，所以我們要一起離開囉！謝謝各位的招待，再見。」

說完後，鐘樂似乎還想說些什麼的同時，卻被艾美和萱棋一把拉走，徒留下傻眼的三人。

「喂……今嘛系啥咪情形？」闊嘴明問著道仔。

「哇……嘛嗯災影……」道仔傻愣愣的回道。

「伊就古錐 a 捘……」昆仔還望著離去的眼鏡妹的背影犯著花痴。

看著昆仔一臉色茫茫的模樣，兩人不禁給他一個肘擊。

「幹！一定又是你！叫你戴口罩還在那邊給我大小聲，把人家妹仔都嚇跑了！」

昆仔一臉無辜的回道：「我……我又不是故意的……」

道仔和闊嘴無奈的走出撞球間，拿下口罩抽起煙來，昆仔仍繼續想著剛剛的眼鏡妹，像似想到了什麼，也走出了撞球間，拍了道仔一下。

「喂，這妹仔你是從哪裡找來的？」

道仔吸了一口煙。「我女友介紹的，她說他們班上有女生想要聯誼，叫我把他們介紹給你們認識。」

「啊你女友是讀哪間大學？」

道仔瞇細了眼睛。「安抓，你對那個眼鏡妹仔這麼有興趣喔？」

昆仔害羞的大聲說：「才……才沒有哩，我只是好奇問一下。」

道仔和闊嘴明看著昆仔害羞的模樣，想著這麼明顯還看不出來就是笨蛋了。

道仔緩緩說道：「就是東區的那間新林大學啊！」

「你說的是那間明星學校喔！你女友讀書這麼厲害喔！」昆仔驚訝的摀嘴說道，道仔冷不防的就給了昆仔一記鐵拳。

「怎樣，老子配不起嗎？」

昆仔急忙解釋道：「嘸啦⋯⋯嘸啦⋯⋯」

道仔哼的一聲：「你不要去那裡堵人喔！要是被我女友知道，我會死的很慘。」

昆仔知道雖然道仔對弟兄非常的照顧，外面看起來也很兇狠，但在女友面前乖得就像隻瑪爾濟斯一樣，為了不要讓道仔惹上麻煩，昆仔努力的思考該怎樣與眼鏡妹再見上一面。

隔天，昆仔還是來到了校門口⋯⋯

「唉⋯⋯我真的想不到辦法了⋯⋯道仔⋯⋯請原諒我的愚笨吧！」

比起兄弟道義，昆仔仍抵抗不了自己內心的色魔，總想著希望能與眼鏡妹相遇再多聊一會，但在門口等了許久，每個走出校園門口的人都戴著口罩，要認出昨天那個眼鏡妹，確實有些困難，但仍打擊不了昆仔對於眼鏡妹的執著。

跟著林艾美、鄧萱棋一同放學的鐘樂，走出校門便看到昆仔在門口等著，當林艾美和鄧萱棋也發現昆仔時，擔心鐘樂會

害怕的林艾美和鄧萱棋安慰的向鐘樂說道：「別擔心，我們都戴著口罩，而且我們學校這麼多人，混在人群之中，他肯定認不出來。」

「對呀！對呀，如果他想要幹嘛，你不用怕，我保護你！」

看見林艾美和鄧萱棋這麼夠義氣，鐘樂也開心的回道：「謝謝你們……。」

但事實上鐘樂的內心並不是這麼想，她反倒希望昆仔能認出她來，回想第一次見到昆仔時，他先是逞兇鬥狠的大肆咆嘯一番，之後又被道仔他們破口大罵時候的無辜可憐模樣，像極了她小時候養的獒犬，實在是可愛極了。

但經過昨天的那場聯誼活動，林艾美和鄧萱棋只覺得那感覺實在是糟透了，今天在班上還與廖琴抱怨他男友介紹的都是一些阿撒布魯、沒品、沒禮貌的臭台客，廖琴也只是笑笑的跟他們陪不是，可是對於鐘樂來說卻是一個美妙的邂逅，撇除台客痞痞的個性，她覺得昆仔還算是個有趣的人，身材結實壯碩，但又不如健美先生來的特別壯，雖然身材不高，但嗓門夠大，雖然腦筋看起來不夠聰明，卻又滿聽話的，這讓鐘樂覺得昆仔有種莫名的親切感，讓鐘樂無法忘懷。

連著三天，鐘樂都在校門口外看見昆仔的身影，但礙於林艾美和鄧萱棋的陪同，鐘樂也不方便過去看昆仔打招呼，就深

怕會被他們阻攔，這樣就有可能再也看不到昆仔的身影了，只能默默的在心中期盼著昆仔能在人群中看到她。

但到了第四天，鐘樂突然發現昆仔固定站的位置卻沒有他的身影，讓鐘樂覺得非常奇怪，內心也出現了些許的擔憂。

「昆仔……是跑到哪裡去了……」鐘樂不禁脫口而出的話語，讓林艾美和鄧萱棋聽到了，發覺鐘樂似乎在找尋著什麼，順著鐘樂眼神的方向望去，像似瞭解了鐘樂的言下之意，脫口說道：「我想他八成應該是被勸退了。」

林艾美的一番話吸引了鐘樂的注意，鐘樂有些激動的回道：「什麼意思？」

鄧萱棋接著說：「因為廖琴發現他一直站在校門口呀，就回去把她的男友狠狠的嚎了一頓，我想他應該也被她的男友給警告了吧……」

聽到鄧萱棋這麼說，鐘樂的心頓時涼了一半。

難道……我們就再也見不到面了嗎……？

正當鐘樂心裡這麼想的時候，天突然下起雨來，林艾美和鄧萱棋慌忙的紛紛拿出包內的折疊傘，而鐘樂也下意識的將手往書包內伸去，卻到處摸不著折疊傘，正當感到疑惑的時候，突然想起自己的傘放在社團辦公室內，不禁失聲大叫。

「啊……我的傘放在社辦……」

林艾美說道：「要我們陪你一起去拿嗎？」

鐘樂搖了搖頭：「不了，你們先走吧，趁現在雨還小，我回去拿一下。」

林艾美和鄧萱棋點了點頭：「好喔，那你自己小心。」

與林艾美和鄧萱棋道別完，鐘樂頂著書包小跑步的跑回學校，回到社團辦公室後，順利的在抽屜拿到了折疊傘。

「果然在這裡……」

拿到傘以後鐘樂向窗戶看去，發覺雨愈來愈大。

「唉……好在昆仔今天沒來，不然下雨天的話他肯定淋的全身濕……」鐘樂在空無一人的社團辦公室看著外面的雨，隨著時間慢慢變小後，便拿著傘慢慢走出社團辦公室，打開傘往校門口的方向走去，明知道昆仔今天沒有來，鐘樂還是習慣性的往校門口的大樹下望去，結果出乎意料的竟發現蹲在樹下的昆仔，瑟縮著身子發抖著，就像是被拋棄的小狗一樣，惹人憐愛。

鐘樂不經意的驚呼了一聲，朝著全身濕的昆仔快步走去，將傘順勢往昆仔的頭上移過去，感覺不到雨在下的昆仔，下意識的抬頭往上看，發現為他撐傘的竟然是鐘樂，嚇的趕緊站起身來。

「你……你……怎麼會是你……」

　　鐘樂看著昆仔的反應，樂得笑瞇了眼，輕喘著溫柔說道：「下雨了，別一直淋雨，對身體不好。」

　　聽到鐘樂隔著口罩傳出的溫柔嗓音，看到鐘樂透著口罩溢出來的水蒸氣，蘊霧了半邊眼鏡，可愛又帶點傻氣的模樣，昆仔不自覺得羞紅著臉道謝。

　　「謝……謝謝……」

　　鐘樂接著問道：「你在這邊幹嘛呢？是在等誰呢？」

　　昆仔被鐘樂這樣一問，像隻受到驚嚇的狗，豎起汗毛，直流冷汗。

　　完……完蛋了，我該怎麼解釋？要說是路過嗎？還是說是在等你？人家會不會以為我是變態？天啊……道仔有交代說要我不要在門口堵人家，不然就要把我給殺了餵豬……可是現在被發現了……怎麼辦……不知道道仔會對我怎樣……

　　看著昆仔不知所措焦急的模樣，鐘樂愈是開心，覺得眼前這個人慌忙的神情，囁囁不停的啐唸，像急了做錯事情的狗兒，愈發讓人發笑，不禁令人憐愛，鐘樂推了推眼鏡，打趣的說道：「你……是不是在等我呀？」

　　被鐘樂說中的昆仔轉頭看了一下鐘樂，直覺的大聲回道：「幹……誰……誰在等你啊？少在那邊自以為是。」

　　面對昆仔粗魯的回應，鐘樂不為所動，反倒壞心的想要繼續捉弄下去。

　　「既然不是的話，那我要走了……今天發生的事情……如果讓廖琴知道的話……」

　　聽到鐘樂提到廖琴的名字，昆仔開始緊張，如果讓廖琴知道的話，肯定又會聯合道仔一起……想到那淒慘落魄的結局，昆仔突然一陣發寒，連忙出聲：「等……等等！」

　　鐘樂停下腳步回頭看了一眼昆仔，昆仔咬了牙豁出去說道：「對啦！我就是在等你！第一次見面的時候我就喜歡你了啦！幹，超丟臉的……」

　　面對昆仔這麼害羞又直率的表白，鐘樂開心的走近昆仔，取下口罩，輕吻了昆仔一下。

　　「那……你覺得這樣的回覆如何？」

　　鐘樂突如其來的舉動，讓昆仔呆愣在原地，昆仔摸了摸剛剛鐘樂吻過的地方，臉上瞬間布滿潮紅，害羞的直直往後退，『碰』的一聲，一頭就撞上了行道樹。

　　「你……你……我……我……親……親……」看著連話都說不清的昆仔，鐘樂更是笑得樂不可支，她輕輕地推了推眼鏡滿意的笑著。

　　「怎麼？難道不喜歡這個答覆？」昆仔一聽急忙搖頭。

「沒……沒……喜歡！喜歡！」昆仔一邊說著一邊開心的回應道。

鐘樂笑了笑。「我們明天見！」說完便撐著傘走回家，昆仔則高興的在雨中手足舞蹈的大喊：「恁伯出運啦！呀呼！幹你娘哩！耶～～～」

自從那天的雨日告白，昆仔天天都到校門口接鐘樂回家，兩人交往的消息也不脛而走，瞬間傳遍了彼此的交友圈，其中最為驚訝的就是道仔和闊嘴明，想不到這個臭卒仔、臭痞子竟然能追到這麼棒的正妹當女友，肯定是上輩子做了什麼拯救世界的事情。

為了更加確認這消息的真實性，道仔和闊嘴明決定辦場聚會，讓昆仔帶著他的女友來一起參加，昆仔當然樂不可支，這是他能向大家分享喜悅（炫耀？）的大好機會，怎可能放過呢？

就這樣來到了聚會的日子，昆仔意氣風發的帶著鐘樂出席聚會，眾人看見兩人恩愛的手挽著手，這讓闊嘴明看的很不是滋味。

「可惡……道仔有廖琴，昆仔有樂樂……就我沒有……」闊嘴明哀怨的躲在一旁唉唉唸，反觀昆仔則是一臉幸福的盯著鐘樂傻笑著，讓道仔不禁調侃道：「欸，色龜昆，啊你不介紹一下人家給我們認識認識喔？」

　　昆仔回過神來，清了一下喉嚨。「欸，那個……這是我的女朋友……嘻嘻……樂樂……嘻嘻……」看見昆仔被鐘樂迷得神魂巔倒的樣子，道仔和闊嘴明搖搖頭表示無奈，昆仔看見他們的反應，有些不滿的說道：「喂！幹嘛這樣！恁爸好不容易交到女朋友，有必要這樣嗎？」

　　道仔回道：「我跟廖琴也沒像你們這麼誇張的在大家面前放閃，你是有準備墨鏡給我們喔？你卡有斬染幾哩！」

　　昆仔不服氣的大聲回道：「幹恁娘哩～恁爸單身二十五年，都沒交過七仔，好不容易有一個，讓我炫耀一下不行嗎？」

　　看著昆仔爆著粗口大聲說話的鐘樂，瞇細了眼推了一下眼鏡，拿下口罩，緩緩的說道：「昆誠……你剛剛說了什麼？」

　　聽到鐘樂平穩甜美的嗓音，因脫下口罩後變得更加清晰，昆仔寒毛瞬間直豎，他突然想起了之前與鐘樂的「不能說髒話」協議，連忙的轉過身來安撫說道。

　　「樂……樂樂……沒……沒有啦，剛剛只是不小心的……我……我下次會注意……」知錯的昆仔拉著鐘樂的衣角，睜著無辜的大眼，向鐘樂撒嬌道。

　　鐘樂無視昆仔的求饒，依然面無表情的笑著。「坐下！」

　　昆仔聽到指令馬上乖乖的回位子上就坐，道仔和闊嘴明看到眼前兩人互動的景象，不禁愣在原地，從沒想過眼前的小壯

漢能像隻吉娃娃一樣，這麼如此的聽話，鐘樂靜靜的戴回口罩後說：「吃飯！」，昆仔便乖乖的拿起筷子，連話都不敢吭一聲。

闊嘴明忍不住在心底竊笑。「與其說是交往應該是被馴服了吧……」

道仔看向闊嘴明，兩人會心一笑，異口同聲的說：「終於有人治得了你了！」

鐘樂則是看著一旁的昆仔滿意的笑著。

「我的大獒犬寶寶真乖……」

-完-

側　臉

文：鄭湯尼、譚若嘉

一

七時零五分。

每天的七時零五分，巴士由這條橋行經一片海洋，這是最接近海洋的道路，總共有三分多鐘的路程，是我每天最期待的時光。我坐在車裡，左邊是南邊，映照在海面上的是早晨七時零五分的太陽。於香港，一般看不見海平線，眼前都是船和高樓，這是香港特色，這是一條叫做觀塘繞道的高速公路，而我就在九龍這邊。如常，我坐上了這班開往旺角東的巴士，車頭座位是必然選擇的位置，沒有什麼特別，就覺得這裡景觀比較開揚，能讓我眺望前方。

為什麼選擇南邊，這與太陽的方向無關。三分鐘車程後，巴士會經過最接近民居的道路，都是舊式唐樓住滿了人，一層三十坪間開可以住十幾戶人家。從車窗向外看，感覺我幾乎能窺探他們的生活。其實都是想像，想像是最美好的，而我總在想，他們每天早上八點到下午四點其實在做什麼呢？這是我生命裡空白的八個小時，上學好無聊。而且，每個早上，右邊坐了一位大嬸，她總在跟電話裡的人閒話家常，半咸淡廣東話，一般討論鄉下誰嫁了過來香港，跟了個什麼人，幸不幸福要不要移民要不要回去什麼的。每天不停，喋喋不休。終於有一天，

一個和我們一樣上早班的上班族忍不住，盯著那個大嬸，將右手食指放於嘴唇中間，輕輕皺下眉頭，示意她安靜。

我們讀國際學校，不需穿校服，來來往往的人，通常都不知道原來是同校生。只知道車上的年輕人都在同一個站下車，人群逐漸朝相同的方向前進聚集。有時候我為了避開人群，會選擇提前一站下車，喜歡走走。

每天重重覆覆，我不時抬頭看天，各式各樣的高樓頂層與天空融合，發展出一條獨有道路，無論頭抬到多高，天空在眼中都不怎麼遼闊。在香港這個城市，感覺好像命運到處都是一樣。

二

今天早上頭頂有一大片灰雲，感覺是「過雨雲」。風起了向著南邊吹，被刮起的枯葉在地上團團轉，不時有塑膠袋被捲了進來，愈轉那個風圈就愈大，一陣風吹散了一切，旁邊又有另一個小圈準備形成。有沙入了眼睛，我提著媽媽今早叮嚀要帶的長傘，黑色背包好像比平時重，但裡面裝了什麼東西我好像忘記了。

　　車龍很長，一架又一架長巴士和路面上的車緩慢地行駛中，那架我常坐的巴士在不遠處進不了站，每個人都等得焦急，但不形於色，習慣了就什麼都沒所謂，一星期又這樣過去了。雨點剛下，一粒一粒的，在兩秒之間變成傾盆大雨，幸好我趕上了車，不用開傘。一擠一擁，下雨天眾人都顯得特別狼狽。

　　「下雨真的不適宜上學。」討論下雨天應否上學的聲音此起彼落。

　　「這個降雨量，下午定必掛紅雨。」其中一位男生搭嘴。

　　「我爸爸在船公司上班，可靠消息得知中午十二時便會掛上八號風球警示。」女生搶著說。

　　「太好了！下午要上我家打麻將嗎？」聽起來這聲音最興奮。

　　另一男生相對冷靜，下結論道：「真的早放再說吧！」

　　外面天色一下子變得很差，雷雨交加，三五鳥群順風而飛，車頂上的雨水聲沙沙嘩嘩的像收不到訊號的收音機，車窗模糊不清，但城市的光與顏色卻依舊鮮明，只是過雲雨讓世界像鋪了層灰，但感覺雨水是把外面沖得柔和了些。周圍的氣氛變得不一樣，但是大家竟然為了糟糕的天氣而雀躍起來。

「你不覺得嗎？從車窗向外看，下雨中的世界像油畫。」坐在我身旁的女生說。上學這麼久了，從來沒有人會坐到我身邊，就算有亦是在打盹。我望向說話女孩的方向，發現坐在右邊的大嬸不見了，只見女孩側臉。

「吓？」我來不及反應，因為太久沒有說話，聲帶中卡了點痰。女孩並沒有因我的驚訝反應而感到怎麼樣，她的臉也一直沒有看我，只從眼前的大玻璃直盯著外面的世界，女孩的睫毛很長，嘴角微微上揚，是天生一副微笑樣子。感覺她不是在和我說話，應該不是，和別人說話應該看著別人的眼睛而不是窗外的，不是嗎？

但這一來是讓我的世界突然安靜了些。身後的吵鬧聲慢慢轉化作雨水聲，巴士穩定地行駛中，我望向窗外，眼前影像呼嘯略過，時間好像為我劃了一道封鎖，它的滴答在耳邊均稱迴盪，感覺是帶了我到遠方。遠方的我在一幅風景油畫之中成為了畫中人，消失點就在眼前，我在長長的道路上分外細小，高樹在旁向天空不斷延伸，樹枝與天空的顏色配得恰好。在更遠處有一道橋，流水之上過橋的人漫漫。

幻境飄散。直到下車之前，我再看到的是女生的背面，她的秀麗短髮及肩，穿著一件白色恤衫，我看她手中拿著一本書。

下車之後我們各自散失於傘陣之中，不知從天上看這條上學的街道在一把把雨傘的流動之中，所看到的畫面是怎麼樣的？油畫可以畫得成沒有。

三

　　往後一個多月，我們都在同一時間，同一班車上遇見。都是七時零五分經過的海，民居沒有改變，天空和海的顏色幾乎一樣。但不知由何時開始，她坐到我旁邊的位置。她好像從來都不怎麼看我，只緊緊盯著前方是若有所思的樣子。她眼神多數放空，眼皮在沒有用力的時候好像變得很薄，但她那深刻的雙眼皮讓眼睛仍然閃亮。她的眼神分外堅定，我怎樣知道的？是每天經過隧道時，我們都會透過眼前的大玻璃倒影對看，而她的視線從不閃躲。今天她把頭髮夾住了在耳朵背後，她雙耳好像很高，高於眉，她有摸耳朵的習慣，讓我有點好奇摸耳朵的感覺是怎麼樣的，我摸摸自己的然後又覺得沒什麼特別。有日在學校我看到她，心裡想原來是個年紀比我大的學姐。

　　我們是同校生，她讀文科比我高一班，小息時她都不經常與別人同行，喜歡獨自在樹蔭處看書看得入神，眼睛不時定著一點看，手久不久會放到下巴擺出一副思考的樣子，又會在寫

寫畫畫。有幾個女生朋友會與她一同午膳，說說笑笑，她笑起來很甜，與平常在閱讀時的神情不一樣，開朗得多。

　　「宣，今天那條數學題你聽得懂嗎？」杜暉習慣問「你懂不懂嗎？」，而我想，其實根本沒有懂不懂這回事吧，什麼理論什麼基礎，懂了之後都像不懂，然後又好快會忘記。「嗯，剛找了些試題看。」剛剛的課其實我是睡著了。印象中，我是合上眼以為自己可以閉目聽書，怎知慢慢世界是全面安靜了下來。「什麼試題？在哪找？」杜暉看來為這條數題感到非常困擾。我沒回答，在背包裡隨便找找，砰一聲把那本綠色的歷年公開考試試題連同答案放於他臉前，我倆對看了一下，「這一課我決定算了啦。」杜暉說起來還真毫無懸念。

　　下午是自修課，杜暉有時會睡覺，有時會打籃球。而我喜歡在校園各處走走。今天杜暉提早結束跟隊球賽，在操場上找我說一起上天台坐吹風。「今天為什麼有這樣的興致？」我隨口問問，杜暉是好動的人，印象中他從沒怎樣安靜過。「啊，好像沒有。」什麼好像沒有，有就有、沒有就沒有。杜暉緊接問：「那個徐美言，知道嗎？」他問得太突然，我停了一會兒道：「很高的，書卷氣。」杜暉道：「喜歡她的人不少。」我告訴杜暉，「言燊追不到她，還來請教我。」杜暉笑道：「居然，你怎麼說？」我輕聲道：「還是先聊天吧。」杜暉看著我：

「你知道她喜歡誰？」我有點迷惘：「她不是跟林文彬在一起了嗎？」杜暉接著道：「她喜歡我！」杜暉是學校籃球隊隊員，身高一七八，身形健碩，手臂和頸的肌肉線條最好看，手大，指很長。我問：「那她是同時喜歡兩個人？」杜暉道：「她先喜歡我，後來才跟林文彬的，不過到最後還是沒結果。」他續說：「我一直當她是妹妹，我吻過她，一點感覺都沒有。」我問：「為什麼？」杜暉歎道，有點惆悵：「我愛的是俞穎安。」俞穎安也是個萬人迷。我忍不住告訴杜暉：「俞穎安給我看了她寫給潘安偉的情信。」杜暉睜大眼睛：「真的？」我說：「有天俞穎安愁眉苦臉來找我，說希望有個人能幫她看一封信。」杜暉問：「你們是朋友？」我說：「我跟她不算熟。」杜暉也一臉茫然說：「提到她我就心跳。」我記得杜暉跟我說過，那種心跳的感覺讓他存在，我知道他是在不斷嘗試尋找心臟的位置。

「你為什麼要這樣對我？」不遠處傳來女生的哭泣聲。我與杜暉對看了一下，便往聲音的方向走。

「愛麗絲，對不起。」在一個轉角的陰暗處，是男生的背影。這個背影我記得，頭髮梳得硬硬的，他是手球隊成員，我們校的高材生，叫阿仲，下年就要畢業了。

「你說過你最喜歡我。」女生愈講愈激動。

　　男生沉默，從後看他的視線朝著地面。杜暉拍拍我，在我耳邊說：「我認得那個女的，她是校花愛麗絲。」我細心看看，好像真的是。不過她現在頭髮凌亂，臉好灰，雙眼通紅，雙頰留有兩條黑色淚痕，與平常明艷照人的感覺不同，像枯花。杜暉續說，「她之前被星探發掘，去了拍電影。」我點點頭。「啊，電影明星離我們這麼近。」這我真的現在才知道。

　　「妳可以去喜歡其他人。」阿仲終於開聲，我想，他的聲音怎麼這樣動聽。

　　「我寧願你沉默。」

　　「我真的喜歡妳。」

　　「喜歡我，然後叫我去喜歡其他人。」

　　「我珍惜我們的相遇。」阿仲的每一句都好像很純熟。「我只是不想我們從此在彼此的生命中消失。」他緊接道。

　　什麼意思呢？我開始聽不明白。

　　「這很自私。」愛麗絲的手在震。

　　「我傷心透，你傷心了寂寞了來找我，讓我充斥著錯覺，然後你還是愛別人，隨口說說想念我，然後叫我去歡喜其他人。」愛麗絲撲到阿仲的腳下，捉住他的雙手，如泉的淚水將他的手沾濕。

「對不起。我愛她，喜歡過妳，但都只是一陣功夫，現在我什麼也不愛了。」阿仲似乎連說謊的勁兒也不願意花了。

「你可以傷害我、欺騙我，我沒有意見。」她逐漸軟弱。

「愛麗絲，這樣不好。」他始終冷漠。

「我也不值得妳愛。」阿仲續道。

「我幾乎毀掉了一切，我建構的世界，我的快樂，我的自由。」感覺她看不起自己。

「對不起。」

「啊，是妳。」我看到巴士女孩，她在天台轉角處的灰牆邊。她把食指按到唇上，示意我不要說。杜暉看戲還看得入神，被阿仲發現了才急著要裝作和我說話。而我當然反應不過來，只看著女孩的正面。陽光微微，我終於看到她手上的書，原來是張愛玲的《第一爐香》。阿仲從我和杜暉中間快速穿過，留下愛麗絲在原地。

「那她現在是拍電影嗎？」我問杜暉，他看看我，沒作聲。我當然知道她現在不是拍戲，眼前的人怎能與戲中的人相比呢，見過戲中人了，就覺得生活的一切本來就缺乏趣味，不過人生如戲，此戲不同彼戲，我們是絕望於成為戲中人的戲中人。校鐘聲響，女孩急步回到電梯處，臨走前她向我揮手，我好想知

道《第一爐香》她到底有沒有很喜歡，我最喜歡喬琪跟微龍說月亮那一段。

　　愛麗絲也發現了我們，但她好像又沒有發現我們，杜暉在我的身邊整個人簡直僵硬了。而現在的愛麗絲又突然變了一個人，她安靜，淚水收回去了，臉妝仍花，她整理一下頭髮，嘴巴緊閉，突然肩膊抖動，她用一隻手捉住另外一隻手，在原地不斷兜著走。現在的愛麗絲比剛剛的愛麗絲臉色更灰，杜暉輕聲問我們要不要過去看看，我的心愣住了，不懂得如何回答。要怎麼樣呢？過去捉著她的手請她不要傷心麼？難了，更何況，其實我並不懂得如何執著一個失魂落魄的人的手。

　　我們嘗試走近愛麗絲，但她好像沒有什麼反應，向著我們走過來，越過我們。杜暉說：「還是走吧。」我說：「讓她靜靜也好。」回到電梯處，我們發現女孩還在，我看她，她看我。電梯到了，叮一聲，我們又進入了一個空間，我覺得好想和她說些什麼，現在也天旋地轉，電梯內的空氣突然變得很濃，吸入會讓人昏昏沉沉，她是貓，有費洛蒙。

　　「地下，Ground floor。」電梯再開，砰一聲，愛麗絲就在我們臉前。

四

情緒是浸在酒裡的蛇，知覺幻得幻失，眼前是陷入一遍模糊，燒酒味直奔到頭頂，在朦朧中摸索，有一刻清醒時便想逃去，卻發現已無處可逃，可我冬眠不了。我不知道為什麼在大約十秒不到前後，一個人的生命可以從崩毀到墜落，然後散掉。地下冷冰冰的，微光濁灰，下午的陽光穿過大樹，打落在灰色地面上，有樹椏跟葉子的倒影，一動一動是因為風。

風吹來血腥味，我感覺怎麼人的關係總像風。

血從愛麗絲的後腦滲滿一地，操場上有人大叫，四處狂奔，有人吐了，哭了，愛麗絲被一個小圈包圍。我在眾人的腿之間，清晰看到她扭曲了的手臂。「所有活動立刻停止，同學現在回到自己的班房。」廣播傳來，一把裝作冷靜的聲音把這話重複了五遍。電梯門關了又開，開了又關，我們三人一動不動站了在原地。地上的人快一點慢一點，陸陸續續散到不同角落，老師向愛麗絲方向跑去，穿過一群人，慌張，他們跪在地上。此刻警車、消防車、救護車同時來到，救護員抬著擔架到愛麗絲身邊馬上進行急救，眼看是做了三分多鐘心外壓仍沒有生命跡象，我們隱約聽到救護員說「她唇都黑了」，「瞳孔快放到邊

緣了」什麼的。警察抬頭，拿簿子寫寫畫畫，兩三個從旁的樓梯走上天台，救護員把愛麗絲抬上救護車。

　　阿仲在不遠處梯間，他雙手合十。老師走過去帶走他，另一位老師走過來帶走我們。我遠處看見他在哭，哭什麼？明明剛剛一副心意已決的樣子。

　　「希望愛麗絲能走過這一關。」我們三個並排而行，我站中間，我的手緊緊捉著女孩。她不時回頭看著救護車的方向，「她會沒事的。」女孩說。杜暉緊接：「她比我們還小一級。」我說：「才十五歲。」

　　來到社工的輔導室，進門便看到十字架掛在窗前，黃昏將近，天色有點憔悴，今天是農曆十六，我想晚上仍能看到北斗星的，而月亮也會比十五的圓。坐下來的時候，社工拿來一盒全新紙巾，粗糙地拉出了白色的幾張棉紙，放在沙發旁的小圓桌上。社工是實習生，剛來報到，一來便問「你們好嗎？」一個草率的開始。你們好嗎？什麼好嗎，我聽見就覺得煩，不是說了愛麗絲會沒事嗎？

　　窗外有隻黑鳶在天空盤旋，愛麗絲雙頰抽搐的模樣仍在我的腦海，不知黑鳶是否地被地上的腐肉味道吸引，牠在那兒已

經好一陣子，樹葉向南吹，天色已暗，黑鳶盤旋良久才向山峰遠去。

　　第二天早上的新聞報導，我們看到愛麗絲的死訊，占報章小版位，提到她先昏迷送往醫院治理，其後證實死亡。

　　「警方於現場撿獲遺書。」我說，在巴士的同一個座位上。

　　「老師打過來跟我說，她的遺書是寫在牆上的。」女孩告訴我。「在愛麗絲報導之上還有另一宗自殺事件。」她續道。

　　「是嗎？」我說。七時零五分，剛好是同一個海。人們如常上班上課。

　　「是的，在香港最高的大廈，死者在 101 與 102 樓之間的避火層，攀越欄杆墮樓，撞爆 4 樓玻璃幕牆再跌落樓外空地當場身亡。報導說。」女孩補充道。

　　「100 多層。」我說。不能想像的是那決心。

　　「從那邊跳下去，你有大概十秒思考時間。」女孩微微抬頭，看著車窗外的高樓。

　　「會後悔嗎？」我問。

　　「問誰？」女孩反問。

　　「心臟會回答嗎？」我將手放左大腿上，一捏。

　　「心臟已經沒了。」女孩答道。「我覺得我的心也少了一塊。」她續說。

　　「怎麼說？」我問。

　　「我想告訴你，因為羅馬鬥獸場的落空，我去了西班牙，上年暑假。你知道嗎？不單鬥獸場落空，連奴隸市集都取締許久，但你到西班牙，還能看到貨真價實的鬥牛呢。坐在群情洶湧的廣場裡，那過程之長與慘烈，是我們不能單靠想像而知的。我居然還看到人牛兩亡的一幕。熱風吹散了的血腥味，我從此對它不再陌生。」女孩說。

　　「時間沖不淡味道。」靜了一會，我緩緩地說。

　　「你能想像嗎，一個高傲的人，與有色盲的牛，牠在歡呼聲中，拼命往紅布亂撞。當我看到一根接一根的長鈎插在牛背上時，我頻拭手心的汗。然後，我們看到牛有了垂頭等死的預兆，鬥牛士又再出場，趁牛痛得無法辨識，無法逃避時，他拿起鋒利長劍，一劍一劍的從牠背部刺向心臟。」

　　「像祭典一樣。」我說。腦海裡一遍紅。

　　「是的，血淋淋的祭奉，到底神要這鮮血跳動的心臟來做什麼？」女孩眉頭深皺。

　　「問誰？」我問。

　　「問心？」女孩反問。「問不到，因為都已經拿不回來了。」女孩想許久，續道。我們把視線轉到窗外，路邊的樹，一棵棵閃過去。

　　那一天我們坐過了站，下車時我倆往回走了一段漫長的路。我比女孩高半個頭，我的手臂與她的肩膀不時觸碰著，背包肩帶在走路時一鬆一鬆的，我心底裡還嫌它礙事。路上，我一直在想拿不回來的心臟到底放在哪了？有陽光與人情的溫慰嗎？街上人們的步伐時快時慢，在城市裡我看不到落葉，風變得沒那麼具像。人們都說香港是樂園，說這裡是美麗的新世界。是嗎？如果香港是樂園，世界上有這麼多珍貴的生命無知而來，而去，那我們的思念與殘缺是為了誰。

　　「活人祭典，是為了重生嗎？」我問。女孩想了許久，輕輕笑而沒作聲。後來我就覺得自己也太笨了，用心臟來換重生，不奇怪嗎？為什麼人們對那些奇怪的事情無動於衷，但不奇怪的事情呢，卻咄咄稱奇，大驚小怪，不是嗎？

　　回到學校，平靜如常。我們遲到了，錯過了愛麗絲的默哀儀式。杜暉的眼睛腫得像雞蛋，他帶我們回到天台去，但學校把那入口封住了，我們只好從另一校舍的頂樓爬過去。滿以為身外事像擱在陳舊客廳裡的大書櫃，再多的悲歡離合都落在心

底而不盡言，料不及一路走過來是無比荒涼，我加緊步伐想越過邊界，走快了發現怎麼仍在原地。聽說愛麗絲給家人朋友留下的遺書只有兩句抱歉。在灰色牆上寫了黑色大字。現在那裡已被塗成白色，多麼明顯的一堆白灰，與灰牆格格不入。

「塗了就當作沒有發生是嗎？」女孩問。她的頭髮在飄動，三兩根在她的睫毛之間。「如果那天我們沒有走，愛麗絲會不會跳下去。」杜暉說，他的淚水是一湧而下。我跟女孩對看，她眉頭輕皺，欲言又止，一個溫柔而堅強的女孩，還忙著想出安慰別人的話，可「會沒事的」只適用於在世的人。

「那些大人忘了，忘了細心，只塗掉著眼的東西。」我們在愛麗絲一躍而下的石階上，發現了用鉛筆所寫的字，字跡模糊，是手在抖震著。

「我來赴你一個密約

那淒美動人的時光是我們的恍如隔世的昨天

我們曾嬉戲於無日無風的海岸上

我們相遇相知

相忘，我們只剩下了我

我在網之中求你網開一面

91

你深情而閃耀的眼睛忘了

無情的不該是你，是我

在茫茫之外相尋

希望你還能看我

凝視我

原諒我

在明日

如初見

永別愛麗絲」

五

　　生活如常，學校啟動了危機處理機制，委派社工駐校跟進。經歷一個多月的心理輔導，那位見習社工終於實習完畢，遺下了我們在這地。天台重開，為免再有同類事情發生，學校在石階上再加一層鐵網，從操場向上望，那裡是個沒有頂的籠。這比愛麗絲的永別詩烙印更深。

　　愛麗絲的離去讓阿仲深受打擊，有天回校，我們看到他整個人從頭到腳都變了樣，平頭裝，整齊燙平的襯衫，只是眼神

仍然空虛。阿仲現在還要吃七至八種精神科藥物，聽見我是覺得可憐。不知什麼偶然之下讓他們倆與我們仨，五人的命運捆綁，一下子拉緊又鬆開，我們的記憶停留在那天樹椏影子在地上一動一動的畫面，與下午將近黃昏的風的味道，接下來的一切都是略過。別無遺事，惘然若醒，我想不是現在而是往後許久，生活中遭遇周旋的一切有如小說描寫的，夢中見過的一樣真實，命運是我們都作不了主。

　　有日學校宣傳親善活動，從早到夜，我就只見到阿仲在操場上、走廊與課室裡不停貼，又在學校門口向路人派發傳單，希望有更多人關注。每每有人接了單張，阿仲就會給予一個很深的鞠躬，揮揮手說「到時見！」阿仲還會傳福音，這是最近的事。有日我與杜暉被邀請到禮堂聽牧師分享，女孩同坐一排，我們對看而笑。阿仲坐了在前排中央，一臉虔誠。到最後我們手牽手祈禱作結，圍個小圈合上眼睛由牧師帶領，我隱隱約約聽到阿仲哭泣聲，心裡不太安靜，總在想祈禱能改變神的計劃嗎？臨走前阿仲來跟我們打招呼，說想告訴我們神的恩賜，其實我很怕人講耶穌，但看到他虔誠的樣子又不好拒絕，唯有聽他說說，其實都是差不多的轉捩點，或許傳奇，但我總覺得阿仲想講的仍舊是那句「對不起」。

「像發了場惡夢。」等到阿仲轉身離開後，杜暉跟我和女孩說，他續道：「正所謂人生如夢。」杜暉跟徐美言在一起了，他們的開始是在一個清晨的早會上，徐美言於講台上分享一個關於「困局」的故事，在演講的最後她拋出一個具哲理性的問題：「如果你在密室之中，門到底是問題抑或答案？」杜暉整個人像初醒，為想通，他一整天找我討論這個問題，而他的結論是：「門一定是問題，因為如果有門就不是密室，是被困。」徐美言喜歡看書，自從那個早會，杜暉就經常到圖書館與她偶遇，靜靜的充滿企圖。美言又會介紹杜暉幾套值得欣賞的電影，我猜他們本來不算投契，但杜暉從美言身上是發現了另一個新世界，他找到自己的門，希望不會被困。

女孩問我們：「昨晚睡得好嗎？」

杜暉歎道：「沒有發惡夢已經萬幸。」

我說：「我近來睡得不錯。」

為了能盡快讓自己忘記那熱風吹來的血腥味，每到晚上我都會獨自沿防波堤觀看海水。聽見浪花泊岸的聲音，想到堅硬的魚鱗和貝殼為岩礁留下了靜止的圖案，一個古老的故事在浪花與浪花之間相傳，故事的下文風似乎沒有暗示。

　　礁石上的苔蘚想要蔓延到遠方，起程不過是為了觀看對岸落下來的一片枯葉。

　　浪尖閃爍的時候在白天，與女孩初見時的種種如雨天、雷雨交加、三五成群的鳥、雨水聲、車窗模糊不清、像油畫一樣的世界，是猶如昨天，那個昨天是愛麗絲所說的恍如隔世。我一直沒有杜暉那鼓勇氣，問女孩到底有沒有很喜歡張愛玲《第一爐香》喬琪跟微龍說月亮那一段，那裡說：「薇龍把手拔著身下的草，緩緩地問道：喬琪，你從來沒有做過為未來的打算麼？喬琪笑道：怎麼沒有？譬如說，我打算來看你，如果今天晚上有月亮的話。」如果未來的打算是只看妳和月亮，是多美好的事。

　　我甚至不知道女孩叫什麼名字。如果杜暉說這三個月來像發了一場惡夢，這場夢之深是難以言喻的，而在現實之中，我的疑問仍是：如果阿仲、我們的人生能夠重來，會否有不一樣的選擇？

　　第二天回校，在走廊的儲物箱裡，我和杜暉看到由阿仲寄出的一封道歉信，他向我們真誠地說了句對不起。遠處我看見女孩，她應當都同樣收到。我們仨坐在操場上，歡笑聲不斷，

球場上的白色分界線把我們三個劃了開去，放到世界的另一邊端。

「對不起。」杜暉輕聲地說，苦笑著。

「這三個字果真毫無力量。」我們都經歷了這麼多的折騰，怎麼可以由三個字作結。

「是缺乏個性。」女孩不覺皺眉道。我們仨對看而笑，不語許久，女孩續道：「我是希望所有人都能夠釋懷。」

「不然都不知道可以怎麼樣。」杜暉答道。

「人生時時刻刻都不知如何是好。」我說。女孩笑我：「我們還年輕，但確實每一年都覺得自己老，每天都提著人生不知怎麼過。」她笑得很甜，嘴唇的下方原來有顆痣，我想告訴她，長在這位置剛好。上課的鐘聲又響，人群一下散盡。我想事情大概都已經告終。

六

香港的天氣一年比一年奇怪，明明屬寒冬卻只有秋意，而現在是春天的感覺來了，濕霧不著邊際，輕風是飄不散的讓人感到混身沒有氣力。今早我特意提早出門，多等一班車是為了站在隊伍的最前方，讓我可以坐回車頭位置。

　　巴士到後，我走上那條通往上層的梯級，一步步都提醒自己要清醒，謹記腳踏在地上那種紮實感，「踏，踏，踏」，我的心臟是熱的，想著希望那長樓梯是最好走不完，讓時光永遠停留在心臟猛然跳動的時刻，我將向自己喜歡的女孩表白。坐下來，我刻意把書包放在右邊的位置，是希望女孩能如往常一樣坐到身旁，誰料等了又等，等到司機的閉門聲響，我方才迴身看到女孩坐了在後方。我向她揮揮手，示意請她坐到前面來。

　　「妳好嗎？」我問，我的臉已通紅，老是覺得不對勁，坐姿換了一個又一個，我們年輕，不愁日子，不愁天色昏暗，只著急於她沒看出我的真誠，真誠由一個最簡單的問好開始，我想。

　　「還不錯。」女孩輕聲答道。

　　「今天天氣不好。」我說，續道：「為何妳今天沒有坐過來？」女孩好像有點錯愕說：「我是以為你為朋友留了位置。」我真是笨，怎麼會把書包放在坐位上，幸而她也沒有拒絕我的意思。我連忙向女孩解釋說：「是為妳留的。」女孩聽罷，看看我，輕笑。我始終有點明白，她說心臟已經沒了的感覺，我現在就希望把心臟取出來，讓她看見我誠摯的心意。

「妳是個溫柔的人。」海與民居都經過了，我是想了許久，方才道出一句溫柔，因為我喜歡溫柔。但同時又恨自己，為何是溫柔而不是喜歡。

「有誰不希望自己是個溫柔的人？」女孩好像看穿我。

「妳告訴我，從車窗向外看，下雨中的世界像油畫。我記住了。」我極力控制著自己躁動的心情，我想慢慢告訴她。

「現在還差一點點雨。」女孩說。

「要是傾盤大雨才成。」我緊接。

「雨天在十二月難遇，霧茫茫又確實少見。」我們透過車窗對看，那眼神是一看便難以忘懷的。

「天空有它的心情。」我往車窗外看。

「那你今天的心情如何？」女孩問我。

「我的心臟感覺快要裂開。」我答道。

「我知道那感覺，跟與別人告別時一樣。」女孩說，還是輕柔細語的。

「什麼意思？」我回頭，看她。

「我明天就要走了。」女孩低頭。

「妳要去哪？」我追問。

巴士到站了，女孩還來不及回答我，在一擁之下我與她隔了兩個人的身位，一下車她就從人群中消失了。早晨我是忘了說，再見也來不及。中午的時候我是看見她不停在走廊上經過，在忙些什麼的。後來杜暉才告訴我原來女孩要整家移民到外國，今天是在課的最後一天，假期回來後就不會再見到她了。

午休時，我特別跑到女孩的班房，想要說完那句沒說的話。人群從課室出來，越過我，看著自己的皮鞋和西褲，有些納悶。

「妳要去哪？」我看到女孩的側臉，不及她有沒有發現我。

「啊？」女孩看到我了，她迴身，走回班課，拿來一封信紙和畫布，說：「在裡面你會看到答案的。」然後便轉身離去。我從此也再沒看見她。打開畫布，看到女孩送了一幅油畫給我，她只用了簡單地用了黑色線條畫了兩個人的側臉重疊，然後用紅色點了個嘴唇。鼻子尖尖的，我甚至連她畫的是男是女也分不出來。畫布包住了一封信，我連忙打開，看到：「我知道你說溫柔的意思，我感覺你也是溫柔的。」下款寫 YX。YX 是什麼，我拼不回來。但畫布上的側臉我倒想拼一下是否我自己。我問杜暉，他說：「這畫應該是畫你，也有可能是畫我。」我笑笑當杜暉是個傻子。

　　一陣風吹過來，我一下子梳理不到情緒，我記得我連她的名字也沒叫過一次，YX，老師叫她「Yixin」，是依信嗎？我搞不清楚，還想像從此每天跟她一齊上學許久的微情境。是冬天潮濕的風與味道，我想我不會忘記的事情還多著。而她，也是風，一下子就飄散了，不留下任何伏筆。

-完-

國家圖書館出版品預行編目資料

不想愛你卻愛上你 / 君靈鈴、藍色水銀、汶莎、鄭湯尼　著. —初版.—

臺中市：天空數位圖書　2020.08

面：公分

ISBN：978-957-9119-85-6（平裝）

863.57　　　　　　　　　　　　　　　　　　　109012194

發　行　人：蔡秀美
出　版　者：天空數位圖書有限公司
作　　　者：君靈鈴、藍色水銀、汶莎、鄭湯尼
編　　　審：亦臻有限公司
製 作 公 司：此木有限公司
出 品 公 司：傑拉德有限公司
版 面 編 輯：採編組
美 工 設 計：設計組
出 版 日 期：2020 年 08 月（初版）
銀 行 名 稱：合作金庫銀行南台中分行
銀 行 帳 戶：天空數位圖書有限公司
銀 行 帳 號：006-1070717811498
郵 政 帳 戶：天空數位圖書有限公司
劃 撥 帳 號：22670142
定　　　價：新台 240 元整

電子書發明專利第 I 306564 號

版權所有請勿仿製

※　如有缺頁、破損等請寄回更換

紙本書編輯印刷：
電子書編輯製作：
天空數位圖書公司 E-mail：familysky@familysky.com.tw　http://www.familysky.com.tw/
地址：40255台中市南區忠明南路787號30F國王大樓　Tel：04-22623893　Fax：04-22623863

Family Sky